千 点 墨

汪家弘 主编

陕西新华出版
太白文艺出版社·西安

图书在版编目（CIP）数据

千点墨 / 汪家弘主编. -- 西安：太白文艺出版社，2024.6
ISBN 978-7-5513-2617-9

Ⅰ.①千… Ⅱ.①汪… Ⅲ.①诗集-中国-当代 Ⅳ.①I227

中国国家版本馆 CIP 数据核字(2024)第 110266 号

千点墨
QIANDIAN MO

主　　编	汪家弘
副 主 编	李菁菁　夏金峣
责任编辑	强紫芳　陈勉力
装帧设计	青年作家网
出版发行	陕西新华出版传媒集团 太 白 文 艺 出 版 社
经　　销	新华书店
印　　刷	三河市嵩川印刷有限公司
开　　本	787mm×1092mm　1/16
字　　数	225 千字
印　　张	19.25
版　　次	2024 年 6 月第 1 版
印　　次	2024 年 6 月第 1 次印刷
书　　号	ISBN 978-7-5513-2617-9
定　　价	68.00 元

版权所有　翻印必究
如有印装质量问题，可寄出版社印制部调换
联系电话：029-81206800
出版社地址：西安市曲江新区登高路 1388 号　（邮编：710061）
营销中心电话：029-87277748　029-87217872

目 录

素霏专辑

春颜	2
遗忘是一种选择	4
风·雪·夜	6
三言两语之我想	8
岁月的尘埃	11
麻花辫	13
练习	14
这样爱你够不够	16
三生三世	18
匆匆那年	20
路途	22
相遇	23
春日掠影	24
一个人的时间	25
秋日听雨	26

何知专辑

消散在云中	28
偷渡客	30

泥房子	32
美术馆	34
古镇隐士	36
植物人	38
铜鼓	40
无痕地拜访	41
收割	42

王松华专辑

生命之宴	44
谜	45
黎明	46
石榴花墓穴	47
鹿骨	48
燕尾	49
岁月尽处的烈火	50
密林	51
故事	52
安住	53
赴宴	54
雪	55
心事	56
梦	57
空白	58

蓝素莹专辑

我的春天	60
春雨	61
春天的模样	62
夏花如歌	63
秋月无边	65
冬天	67
冬之恋	68
十五寄相思	70
走在美的光环中	72
心迹	74
感念母恩	77

梁慧专辑

田野的梦	80
夏日的声音	81
村居	82
莲的心思	83
绿水青山	84
湖畔的杨柳	85
清澈的小溪	86
夏日，绿意盎然	87
幸福	88
飞翔	89

久远的时光　　　　　　　　　　　90

窗台　　　　　　　　　　　　　　91

童年　　　　　　　　　　　　　　92

巷子的回忆　　　　　　　　　　　93

悠悠的往事　　　　　　　　　　　94

立秋　　　　　　　　　　　　　　95

生活的本质　　　　　　　　　　　96

我偏爱的黄昏　　　　　　　　　　97

看过夏天后　　　　　　　　　　　98

湖光山色　　　　　　　　　　　　99

秋天的第一首诗　　　　　　　　　100

秋蝉　　　　　　　　　　　　　　101

天使的翅膀　　　　　　　　　　　102

妈妈的味道　　　　　　　　　　　103

风从山中走过　　　　　　　　　　104

伍祉睿专辑

深爱的少年　　　　　　　　　　　106

天　　　　　　　　　　　　　　　107

我爱你　　　　　　　　　　　　　108

你的眼里　　　　　　　　　　　　109

游乐园　　　　　　　　　　　　　110

当　　　　　　　　　　　　　　　111

我希望　　　　　　　　　　　　　112

时不时	113
心照不宣	114
幸福三事	115
你	116
倒影	117
诺言	118
知音	119
亲爱的	120
光	121
港湾	122
醉意的美	123
伟大的事	124
诗人	125
容身之地	126
信仰	127

语晴专辑

时光向晚	130
枫红柳绿	132
秋日	134
淡墨凝香，安暖流年	136
北方以北，南方以南	138
念微凉	140
浅舞流年	141

妙瓜专辑

老虎的迷惘——读博尔赫斯《老虎的金黄》	144
岁月的星河	147
狂风骤雨	149
雁阵	150
胡柚	151
心情	152
又聚小河直街	153
河坊街	155
元旦的曙光	156
楼外楼望湖	157
忽晴忽雨	158
波光粼粼	159
穿过那片柳树林	160
河边的清晨	161
淋漓尽致	162
晒太阳	163
兰花草	164
此刻	165
垂钓	166
平淡	167

天宜居士专辑

春雨小院	170

游天下——访李白故里拜诗仙有感	171
兰亭雅集	172
一见钟情	173
大器晚成——读《六韬》忆姜太公	174
呀诺达	175
六十生日感怀	176
躬行——读《知行合一》有感	177
漂泊	178
小人与狗——读余秋雨《小人》有感	179
一丛花·一词定乾坤	180
望江东·天涯海角	181
满庭芳·天下布依	182
思帝乡·玉龙雪山	183
江城子·国际山旅大会	184
清平乐·贵阳避暑	185
南歌子·中秋	186
南乡子·白衣天使	187
江城子·观山湖	188
诉衷情令·登抱木山	189
醉落魄·吾心何安	190
清平乐·磐石体	191
鹧鸪天·兴义休闲度假	192
桂殿秋·万峰林马拉松	193

阳关曲·拜曹公　　　　　　　　　　　194

马长鹏专辑

清晨，我迎接太阳　　　　　　　　　196

旅途　　　　　　　　　　　　　　　197

爱人　　　　　　　　　　　　　　　198

等待　　　　　　　　　　　　　　　199

思念　　　　　　　　　　　　　　　200

错误　　　　　　　　　　　　　　　201

为纪念相识两周年而作　　　　　　　202

乡间小站　　　　　　　　　　　　　204

今生我们不分离　　　　　　　　　　205

炊烟　　　　　　　　　　　　　　　207

青春　　　　　　　　　　　　　　　208

雾　　　　　　　　　　　　　　　　209

烈日下的独耕者　　　　　　　　　　210

走进麦地　　　　　　　　　　　　　211

当葡萄渐渐成熟　　　　　　　　　　212

抓根草　　　　　　　　　　　　　　213

请原谅，朋友　　　　　　　　　　　214

陈红旗专辑

冬奥雪如意　　　　　　　　　　　　216

霸气——敬中印边境的中国军人　　　218

英雄气概赞　　　　　　　　　　　　220

水	221
流年感怀	222
龙舟	223
七夕是爱的日子	224
故乡	225
幸福的感觉	226
读书	227
劳动——纪念五一国际劳动节	228
让五四精神薪火相传——纪念中国五四青年节	229
青春韶华	231
秋思	232
立冬	233
等待着春的归期	234
方趣	235
圆趣	236

胡虎专辑

秋天看海	238
第一次在国外餐馆打工	239
蒙克的《呐喊》	240
晒太阳	241
逝者如斯夫	242
布莱恩特公园	243
元旦晨之呓语	244

深夜开车的幻觉	245
递归梦	247
往事像落叶	248
地铁站听大提琴独奏	249
蝉叫了一晚上	250
写给2020年最后一天	251
那夜故乡入梦来	252
点绛唇·半生结	253
浣溪沙·渡口秋风送早船	254
浣溪沙·廊外苍桐罩翠坪	255
临江仙·寞寞初秋	256
鹧鸪天·持拍提桶舞后园	257
长相思·又见科大东区	258
咏雪雁	259
贺教师节	260
自嘲	261
无题	262
忆峥嵘	263
香葱	264

吕永昌专辑

阿不：亲爱的	266
七夕	271
九月，雨，遇见蜗牛——我随儿子与蜗牛对话	274

记父亲入伍五十周年战友会	277
鹧鸪天·观西溪影视拍摄有感	279
值勤日雨后西中	280
西溪子·庚子年春归西溪有记	281
父亲的早晨	282
咏永康城	283
我有一册书在读	284
香樟公园奔跑	285
春夏秋冬（组诗）	286
春天写给女儿的小诗	288
如梦令·龙山中学	289
种田	290
儿子写给妈妈的三行诗	291

素霏专辑

　　素霏，本名臧群，籍贯辽宁省沈阳市。大学毕业后赴美留学，现居美国芝加哥市，从事生物医学方面的科研和教学工作，为芝加哥洛约拉大学医学院外科系微生物免疫学终身教授。自幼喜爱文学，业余时间乐于思考，勤于创作，常在刊物上发表文章，与读者分享所思所想，感念生活所馈。近年来文字创作散见于各大文学平台，并在文学类赛事上屡次获奖。

春 颜

雨，飘来
送走一只船
咿咿呀呀的桨
卷一池春颜
涟漪散去，又迭起
一直说要永远
却未曾上岸

那一声艄公的吆喝
在云端回转
我旋即离开
它却尾随
陪我
遇见一个冰凌花盛开的冬天

月色
究竟是不是白色？
为何青黛抚摸山峦
又落进溪声
痴驻亭台
飞上眉间？

夜，只想长久地慵倦
被鸟儿惊醒
是幸
还是不情愿
却不该抱怨?

远处的粉红
堆砌的笑靥
若隐若现
如潮水，淹没指尖
以至于
我不再能拿起
曾有过的，春风拂面

遗忘是一种选择

把遗忘当成一种选择
走进阡陌
记忆上，挂把锁

星星陨落的时候
只见烟花，绚丽的一朵
从不蹉跎

晚霞散尽的长夜
拥抱仅有的温存
在月下吟歌

有人说，春天来过
可曾见，绿色蔓延山坡？

有人说，看见燕子的羽毛散落
是否惦念，她依然翱翔碧波？

愿遗忘是一种选择
日月，不会有交错

繁花逢上雨季
缤纷，不再落寞

把遗忘当成一种选择
走过天际，飞跃沟壑

而从此
不再有你，不再有我
不再有
思念成河

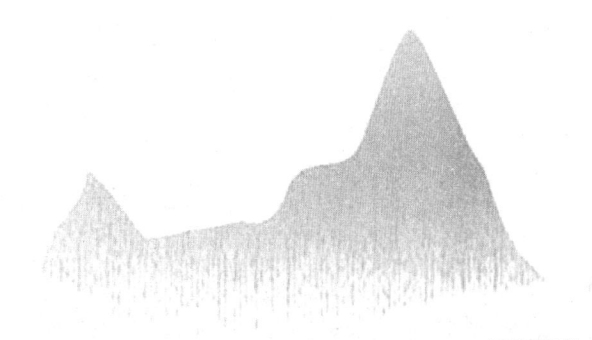

风·雪·夜

风与雪交织的夜晚
翻越山巅
只为在破晓前看上一眼
传说中的旷世容颜

纷飞的雪花
勾画远处的村庄连绵

阑珊的灯火
映出身旁的天路弯弯

海枯石烂
是日月对星辰的眷恋
无期，痴缠

地久天长
是阳光普照的草原
鲜花盛开，一望千年

无踪的夜晚
风掬起雪，雪飞过山
白色，喧嚣重峦
而暮色，沉静，内敛

无息的夜晚

风与雪相拥安眠

而正好可以忘却

时光的不歇流转

琐碎的浮世清欢

就像从未经过伤痛一般

那棵前世的绛珠草

依然来今生寻缘

不问山高水长

不问山遥路远

风与雪邂逅的夜晚

洗刷黑暗

驱逐行走从容的谎言

再次披挂上一身白色吧

就如同初来时的尘瑕不染

天空无垠

荒野无边

在风与雪相遇的夜晚

还记住约定

下一次轮回的日出时分

执手相见

三言两语之我想

年少的我,曾经想——

快乐只在童年
烦恼随年龄增长

美丽只属青春
青春稍纵即逝,变过往

热闹就没有孤独
孤独只有难堪,彷徨

怀念的只有故乡
他乡的风,吹不到心房

失去是痛断肝肠
从此欢笑没有理由造访

得到会欣喜若狂
王子与公主,没有忧伤

用不完的时光
任它溜走,不用思量……

而如今,我对孩子讲
也许,可以早一点知道——

美丽与快乐,伴你左右
它们要一颗心,不失去盼望

青春虽短,生命顽强
百花连年绽放
参天的树把根深入土壤

孤独是珍贵的礼物
收下它
上天馈赠你最惊喜的模样

心安处,安放故乡
天涯海角,它都在你的身旁

得到和失去,随其游荡
用那个最好的你
拥抱一轮初升的太阳

离不开的朋友,是时光
紧握手
它给你编织征战沙场的戎装……

所以啊,这个世界并不算糟——

湖水总是清澈明亮
波澜翻滚
倦了，会投降

天空永远湛蓝宽广
海燕遨游
歇一歇，仍在路上

欢乐与忧愁都是乐章
少一支变调
难免稀松平常

四季更迭，万物生长
不忏悔的
是火一样的炽热
与山一样的执着
百炼成钢

岁月的尘埃

星星点灯
堆积岁月的尘埃
轻歌曼舞
涂抹年轮的色彩

相逢，离去，归来
曾经的迟疑，无须释怀

漆黑的夜里
露珠泛着清光
冰一样晶莹，雪一样洁白

把时光托付给星辰吧
虽行色匆匆
还有温柔的忍耐

奔腾，冷漠，倦怠
海浪的翻滚，从不悔改

缥缈的烟波里
卷不走怀念的雾霭
坚硬的峭壁
刻不下嘈杂的无奈

碰撞，错过，等待
盼望是了不起的安慰啊
只是不知，何时再来

空旷的城市里
阳光在缝隙中依赖
又待月光凝结
沉默是积累的负载

岁月的尘埃
一点点覆盖
终有一天
天空的明媚不再
大地的葱郁不再
只留下永久
是那涉过桑田的嗓音
回荡在无边的沧海

麻花辫

迎一抹早春的碧绿
等一季金色的晚秋
采一篮带雨的青雾
栽一株吐芽的新柳

听一声灵雀的呢喃
追一朵浪花的源头
再带上一片飘扬的雪花
融化成一段九曲的溪流

依一袭夕阳照晚
摇一叶湖畔扁舟
折一瓣即将睡去的红莲
数一数尘封往事,忆多久

那手心还有一缕青丝呢
待一会儿
结成一束淡淡的紫
再缠上一丝枕边的愁

从此,便沉入心海
于无声处,不眠,不休

练 习

练习
去细数晨曦的光缕
在清醒的日子里

练习
把破碎小心拾起
尽管
再无法拼出
天边的那道虹霓

练习
风吹掠过的时候
摘下一片不知名的树叶
挥挥手，告别山脊

练习
残阳如血的日子
走进空旷的原野
弯下腰，掬起一捧清溪

练习，四周沉寂
也许，听不见欢声笑语
练习，即刻奔跑

也许，不会再迟疑

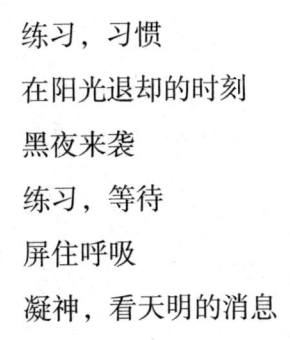

练习，习惯
在阳光退却的时刻
黑夜来袭
练习，等待
屏住呼吸
凝神，看天明的消息

练习，相信
尘与土，会归一
太阳，照常升起
春天，回暖大地

练习，看见
落在窗前的紫色花瓣
轻轻地，藏在手心
缝进一件花衣

练习，站起身
走进飘雨的小巷
默默地，撑一把油纸伞
没有叹息
没有归期

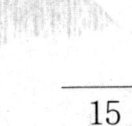

这样爱你够不够

当风尘从远方来袭
我化成盔甲
筑一道铜墙铁壁

当日月不见踪影
我耸入天际
挽一缕即逝的穹光

当云雀望断旷野
我支起穹庐
撑一道横空的脊梁

陪你
走过欢呼的四季
惊叹奇幻的轮回
披挂多彩的风霜

春雨痴狂
携来一世红尘遥望
秋叶知殇
了却一身疲惫迷茫

且让

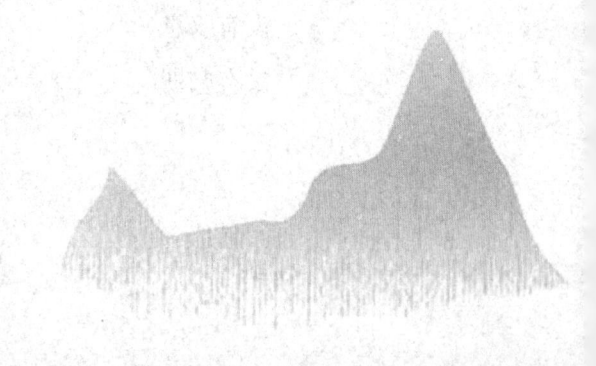

疾风修剪入鬓的双黛
飞石削尖稚嫩的脸庞

再祈长天
赐我
黑夜中一双如鹰的明眸
汪洋中一双翱翔的翅膀

寂静中
我伫立等候
蓦回首
已是地老天荒

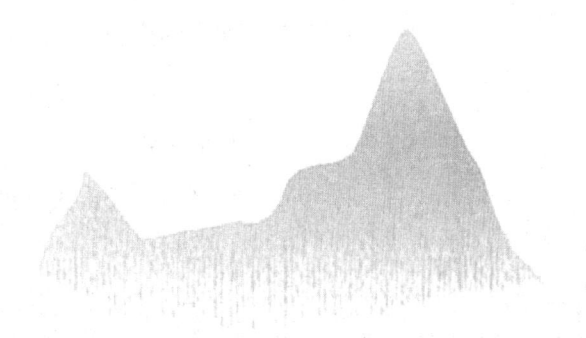

三生三世

说有三生三世的缘
只为把今生好好走完

说有十里桃花相送
只因红霞尚在天边

顽固的城池
拥挤的誓言
缤纷的红尘
迷失的呐喊

冰冷的雨还在下
只为等刹那间的层林尽染
追风的桃花芳华一现
飘落地
燃成灰
化作泥
是否可以抵御临城的霜寒？

远去的孤帆
走不完画卷里的翠柳湖畔
万物生长
咫尺间漫长出天涯的纠缠

飞鹰于瞬间顿悟

告别了雪山上不倦的盘旋

杜鹃也想沉寂

栖息在河沙横流的荒原

静谧的夜晚

守望的麦田

有什么可以拯救

曾经许下的永远?

匆匆那年

匆匆那年

我们放逐了时间

以为未来可以很远，很远

初春的花簇里

藏着那张写满心事的便笺

红墙外的白桦树

伴着夕阳下挥洒的狂欢

当青涩退过指尖

雪白慢慢在青丝中流连

是不是还能记得

我们一同扬起的帆？

匆匆那年

我们张扬着梦幻

夜幕下背起行囊

想去闯荡天边

等到初升的太阳依旧刺眼

月光下不再有未央的缠绵

还坚守着离开时的初衷不变

因为，看见空中又现一片新蓝

匆匆那年

我们不懂思念

轻轻道一声珍重
以为再见只在弹指间
如梭的岁月流过
早已寻不见彼时的欢颜
且让传福的青鸟衔去一枝绿柳
深深地刻下祝愿
虽然，只是无言

哦，匆匆那年……

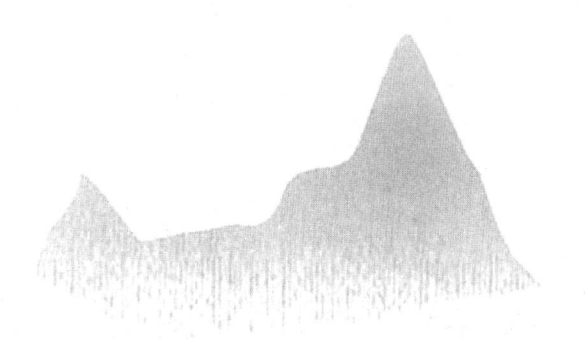

路　途

我穿梭在云朵的东西
一端珍藏着年少懵懂的寻寻觅觅
一端细数着平常日子的点点滴滴

我陪伴着夜的生长
每当淡淡的想念来访无眠
挥之不去
每当琐碎的牵挂飘过星空
散入天际

我走走停停
模糊了何为异乡
哪儿是故里

暮色沉沉
一览灯火万千
停泊在我心安处
尚有归期

相 遇

悄悄地
沿着青草的芳香
寻到秋
依然徜徉

如洗的云端里
藏着绵绵的惆怅
听着落叶的脚步
沙沙地响

当风凌乱了青丝
吹散了橘黄
还记得相遇
在最美好的时光

春日掠影

轻轻道一声

好久不见

微熏的风儿暖上唇边

绿了柳叶

红了杜鹃

姹紫嫣红

只在人间四月天

当繁忙已成习惯

遗忘不再艰难

匆匆涂鸦

记下这里的滴点

愿在明日的漫长里

留下此刻的浮世清欢

一个人的时间

一个人
一座陌生的城
一场雨
一段心情的自由舞蹈

把喧嚣溶进雨中的荫绿
陈年浸入殷红的酒
思念
无处可逃

一段许久不唱的旧曲
在空中飘摇
还有一部老片
忘记了主角

今晚
让时光慢慢从指尖流过
独享
无人打扰

秋日听雨

记不清是第几次回眸
才看到盛夏的热烈已翩然远走
依稀想起丛林里蝉鸣的单调
还有薰衣草淡淡的味道

点点滴滴
喧嚣的浮尘慢慢宁静
却不经意覆上薄雾的轻佻
冰冷了不该到来的温度
也沉寂了飞扬已久的热闹

瑟瑟萧萧
在夕阳最后的一抹嫣红里
挥别了南归的候鸟
摇曳的风送来远方的祝福
唱和着如笙歌般的午夜祈祷

静静悄悄
在阶前茵绿的一角
蔓延的青苔裹上浓妆
璀璨了秋叶遗落的斑驳
也温柔了细雨低诉的寂寥

何知专辑

　　何知，本名祝鹤，1998年1月出生，2020年毕业于悉尼大学，后回到上海生活和工作。2022年，因对艺术的浓厚兴趣和家庭的熏陶而转向艺术行业，并创建个人艺术设计品牌——寻水何知。喜爱文学，在进行诗歌创作的同时也进行绘画创作等，以笔名"何知"在公众号"寻水何知"里进行内容输出，包括书评和艺术知识普及等，致力于受众的审美提升。

消散在云中

我在失重感里被白色吞噬
大朵大朵的白色物质
看起来触手可及
下一秒我便跳跃上去
在其中沉浮
被白色包裹，被白色抚摸
被白色拥抱，被白色亲吻

我丧失了一切知觉
那漫无边际的白
挤进我的眼眶
挤进我的脑海
再也看不见无边的旷野
喧闹的都市和自己

人怎么能连自己都看不见？
人可以
人时常看不见自己
与其被生活吞没
我宁愿消失在这白色之中
那一定是最浪漫的离去

我会留下我的歌声

被白色包裹着的
随雨滴一起下落的歌声
在那个静默的夏天
连绵不绝地响起

——2021 年 7 月 19 日写于飞往桂林的飞机上

偷渡客

登上这艘船的时候
它已经被装得满满当当
你开着它经过了一座又一座码头
终于暂停在我起程的地方
我自作聪明
藏匿于进进出出的货物中
就这样潜入了你的船舱

风平浪静的日子里
你懒懒地躺在甲板上
海燕和着你口中的小调
后来就不知去向

风雨飘摇的日子里
你奋力把握船舵的方向
浪打在船体上
颠簸得令我心慌
我只能瑟缩在小小的角落
祈祷你是一个好水手，好船长
而你也从不令我失望
一次次平安驶过风浪

每到一个港口

你总要盘点这满船的货物

我躲得更深

生怕你抓住多余的我

一把丢出船舱

那可不行

我还没抵达想要去的地方

还好还好

从没被你抓到

有一天

天光微亮

你一把拉开舱门

径直走向了还沉沉熟睡的我

我在慌乱中羞愧难当

而你只说了一句：

"我们到了。"

泥房子

我有一栋小小的房子
没依山
没傍水
灰扑扑的泥墙上有一扇五彩斑斓的玻璃窗
阳光路过的时候
会带来慷慨的问候

后来　你在外面敲墙
叮叮当当
我从门缝窥探
却被你找准机会破门而入
我是那样手足无措　羞愧难当
毕竟我不知道除我之外的人
是不是也喜欢那泼了满地满墙的思索
可是你说：
"从此我要定居在这儿，
陪你看太阳东升西落。"

我害怕这狭小逼仄的泥房子让你窒息
于是拆掉了一面墙
将它变成了落地窗
这样即使你在房子里
也有无限的风景

可你还是嫌不够
这样一栋自私而幼稚的小泥房
配不上你宏大的梦和飞奔的理想

有一天
你拆掉了我所有的泥墙
指着那精致到突兀的玻璃房说：
"这才是我应得的家乡。"
于是日光、月光从早到晚地照进来
我们简直像是住在万花筒里
可这缤纷的景象终究还是让你审美疲劳
在某一天踏上了寻找新房子的征途

哎呀　只剩下这样一间玻璃房
你走的时候还不忘打碎那纤薄的玻璃墙
我这样笨拙的泥匠修不好这精美的建筑
所以只能移居别处

现在
我有一栋不大不小的泥房子
我在每面墙上都安了一扇漂亮的玻璃窗
下次你路过的时候
要是把它认成了新房子
就进来坐坐吧

美术馆

用我盖一座美术馆吧
其中浇筑了水泥和你的奇思妙想
拆开我的皮肉和骨骼
一并汇入你打造它所需的原材料
将我的点滴抹开铺平在那高大的墙上
最好用器官再打造一件装置艺术品
这样我就可以以那样优雅的姿态
永远驻足在你的美术馆

你的美术馆应当有一条长长的走廊
每个途经的人都要揣测
这条走廊究竟挂上了多少种风格的画作
你会备注上那些故弄玄虚的文字
好让他们猜都猜不透
而我藏在扶手里窃窃地笑
笑他们猜不透我们的谜语

展厅不需太多
但又不能太少
因为你有那么多有待展出的作品
每次你布好展
我都会调皮地变换你预设的灯光
让你只能懊恼地重新来过

别担心

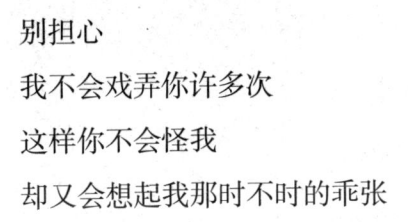

我不会戏弄你许多次

这样你不会怪我

却又会想起我那时不时的乖张

开展的那天

你的身边一定前呼后拥

我便只是置身于你这一生的缩影里

一言不发地旁观着

而你知道

你总知道

古镇隐士

隐士居住的地方
有许多长长的廊桥
夜色微降的时候
一盏盏红灯笼就在河流之上
开出一条路

隐士总在深夜出门
越过长长的廊桥
她需要去见另一位隐士
因为她带着一坛足以慰藉今日的酒
两位隐士抱着酒坛
前往住着师父的庙

夜色吞没了灯笼开出的路
隐士们只能抱着酒坛向前走
师父在她们到来前就已入睡
她们于是去找庙后那只石化的巨鸟

巨鸟的羽毛依旧闪烁着流光
它被定格在仰首的那一刻
永远都向往长空
隐士们在巨鸟的羽翼之下
推杯换盏

不远处几位当地人燃起了一场烟火
这场自我满足的仪式
照亮了隐士们的夜晚
一位隐士的风铃在此处奏响
一位隐士的往昔在这里埋葬

植物人

如果我静止得足够久
是否能生长成一株植物
我怀抱着这样的想象
任由阳光铺洒在身上

肌肤中的水分逐渐被蒸腾
我开始变得像皱巴巴的果核
原本期盼一场甘霖
等来的却是不息的日照
也许我会就这样干枯而死

不知过了多久
心口痒痒的
小小的根须在四处探路向下生长
终于探索到了深处濡湿的土壤
我兴奋极了却没有手舞足蹈
只是在手背处顺着血管生出了许多嫩芽

心生长出的根已经深入大地
脊柱的缝隙中开始刺出艳绿的枝
发丝变作细细的藤蔓
四处寻找可以攀依的枝干

心脏不再跳动

意识却越来越清晰

我开始能听到风的轻叹

能感受到雨的不安

浓厚的情绪会顺着根茎叶脉蔓延

一直被稀释到可以忽略

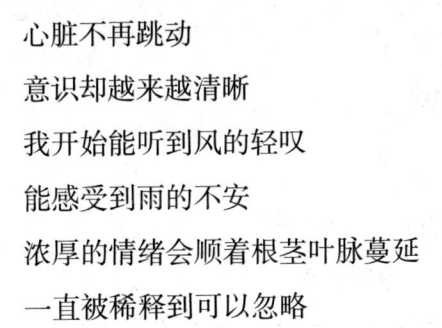

那天

一只远方的鸟途经我身边

我用叶片簌簌

抖动出一首赞歌

——2022 年 1 月 30 日写于飞机上

铜 鼓

你再擂响一次那铜鼓
不要停下你的舞步
每次鼓面的震动都激荡着击碎我的血肉
我吟歌和你
发出幸福的悲泣

再擂响一次铜鼓
我们渴求了许久的那场雨
终究会砸向这片土地和我们的躯体

再擂响一次铜鼓
用鎏金匕首刺破我的喉咙
鲜血是最好的祭品
我一定会笑着死去

铜鼓声落
消陨于此是我的宿命
这世上的一切索取
又有哪些无须代价

——2022 年 2 月 12 日写于云南省博物馆

无痕地拜访

背负着悲苦向前走
脚步是否更有力一些
我带着南下的心北上
所以才会离终点越来越远

我从来不是谁的一部分
未来也不会是
所以只能在敲门拜访过后
收拾干净我的每一丝痕迹

收 割

我有过许多想象
误以为我的爱像庄稼
可以一茬一茬被收割
却又在灌溉下再次生长
你将我种到地里
埋进你温暖的梦里
再等待一个季节
这片爱意就属于你

王松华专辑

王松华，出生于浙江省杭州市，中国新诗协会会员，浙江省诗词楹联学会会员，青年作家网会员。其创作的现代诗多次入选中国微型诗论坛精选专辑。

生命之宴

时间
并非残余,亦非戏谑

当人们狂喜、对峙、啜饮甘霖
当花冠遮掩他们柔美的神情
过去式的月光,重新泛现

虚妄的风声独自吹拂
灵魂将犹如残损的良木
歌颂尘骸
如此静默,如此疲倦

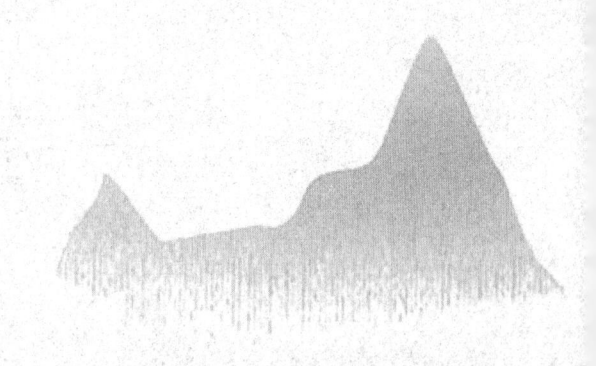

谜

夏季的烟火
使鸽群陷入迷乱

一个悬在空中的决定
围困众人

一个谜——犹如鲜花
盛开,困惑与瞳孔
惊愕犹如汪洋
寂寥的幻影之中

或许,我曾是悔恨的
或许,我曾将诸事遗忘

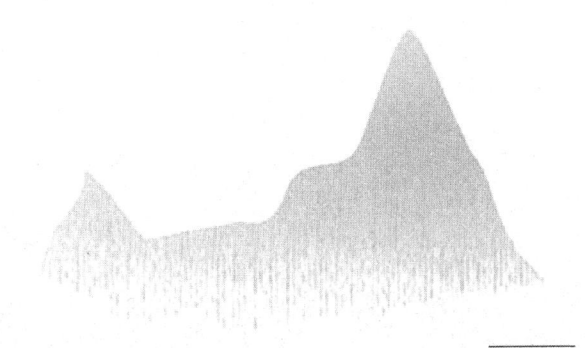

黎 明

黎明之前
我愿绕行河流
沙砾的色泽
仿佛象牙色肌肤

临岸的女人
拥有如瀑长发
她的舟楫中
安置繁花以及香料

当她停止歌唱
难以计数的白昼
从水面升起

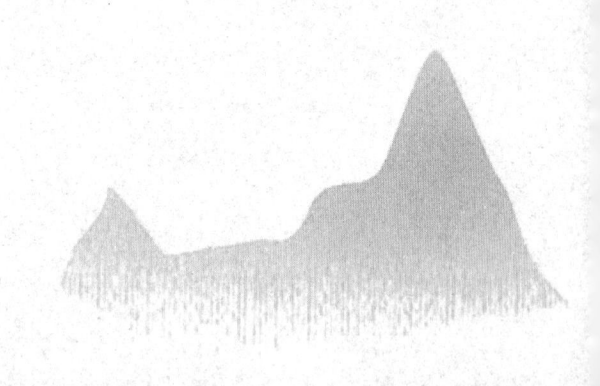

石榴花墓穴

手捧鲁特琴的女人
她的忧伤,犹如孔雀蓝面纱

她说,夏季的尽头,没有荒芜
却有一座石榴花墓穴
它曾经是我的卧榻
某日,它也成为你的寝宫

她将地底的矿藏,带到你的眼前
你将小指,绘制成鲜红的石榴花

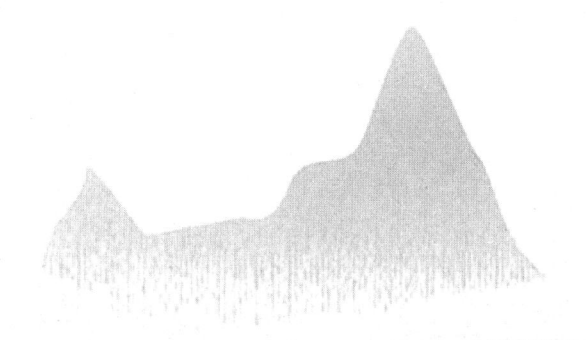

鹿 骨

请你将鹿骨取下
别让洁白的残骸,浸透泪水

她的双目是湖中翠绿的宝石

他们让她躺在,柴堆的烈火中

她却如同美丽的萨蒂[①]
于焰中歌舞

[①]萨蒂:指印度神话中的萨蒂女神。

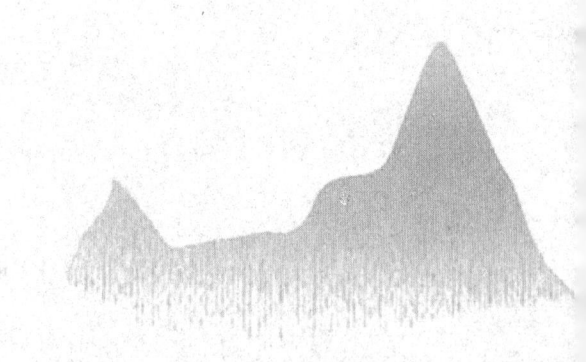

燕 尾

当我再一次失去
远去的舟楫、尘埃与青苔

我将如一口幽深的废井
终日思索，终日沉默
放任无止境的思念，充塞整个虚空

那时，我将独自一人，潜行在风里
仿佛潭水与霞光，明灭，又消亡
观看着，迁徙中的燕子，在不知名的山岭间入眠

它们的尾羽，泛现暗紫色的情愫
犹如旷野边缘飘荡的纤细火苗

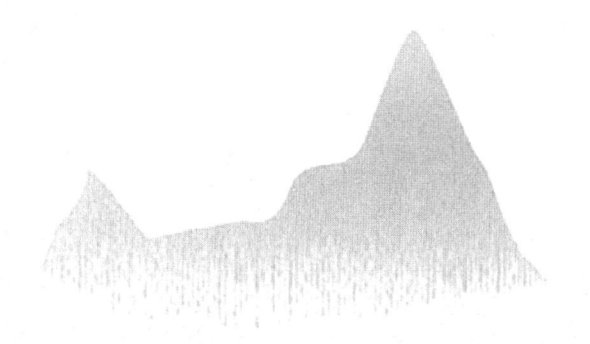

岁月尽处的烈火

沙漠
金色甬道
充塞干枯

烟尘
矿井
人群憔悴

她说
需要一场大火

大火
从她目中泛滥

于是万物枯朽
于是万物新生

密 林

偕游
群山
南方密林

绮丽
花丛
孔雀相伴

深绿皮肤的狩猎者
目光如炬的甘露女

故　事

故事要从何说起？
仿佛手捧一盏小灯

踮起足，吹散世间的大雾与所有的雨水
仿佛走进深巷折落杏花

在永恒的暮春里
保持敏感、稚嫩与忧伤

在寒冷之日的尽头
反复惆怅着
夜间的漫游以及无数白鹳的消亡

多想在临近黎明的残梦里
将昨晚晦涩的诗句记下

可等日光覆盖双眼之时
却又仅剩下眼泪数行

安 住

梦境是如此悠长

环绕着繁花、丝缎与甜美的高地
仿佛没有惶恐以及忧伤

在这片日光眷怜的梦土上
妄想着,拥有永不衰败的年轻与天真

如同青绿的柳枝,安住于三月的云烟

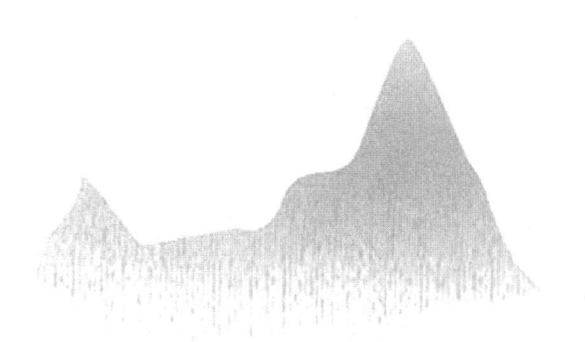

赴 宴

我想去赴一场不散之宴
想去到
日落之地的尽头

做一个
不善言辞的窃贼

欺瞒众人
饮下,一潭苍茫的死水
折落,一枝无骨的琼花

雪

流浪
在云间
隔着群山
隔着细雨

我始终无法相信
世上会真切地存在
战胜愁苦之人

当我把最为心爱之物
捧在手心

它们便
含着泪
恋恋不舍地消融

心 事

当我把心事，藏进花蕊

从此，这些晦涩的隐喻
只有蜂蝶知晓

梦

折下云间露，宴饮

醉与醒的边缘

我曾作为游人
穿过这片土地

亦曾作为落花
倏忽散尽

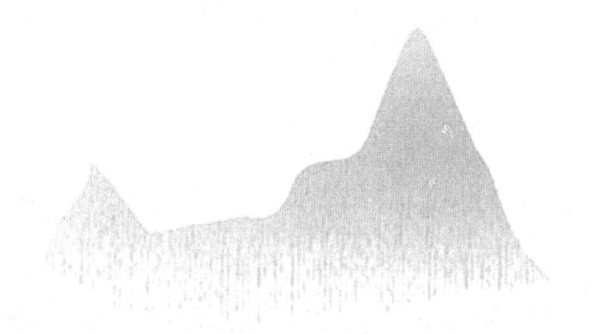

千点墨

空　白

忧伤的眼睛
将万物视作空白

烛火倾斜
便焚尽人世的文章

蓝素莹专辑

　　蓝素莹，广西壮族自治区都安瑶族自治县人。都安县作协会员，河池市作协会员，青年作家网签约作家。在当地市县各级举办的文学大赛中多次获奖，在青年作家网举办的全国青年文学大赛中多次获奖。

我的春天

推着单铧犁
掀开冬日的被褥
泥土就像小孩一样
在我足边撒欢,汗水从脸上淌下
打湿了一片记忆

这就是我的春天
可你却喜欢秋天

一个人在林荫道上
孤独行走,不安游荡
即使落叶纷飞
也不愿穿越心灵的旷野
抵达我的春天

假如你稍微费心
向前一步,再跨一步向前
我们一同处在一个美丽的春天
梦中的种子,在两个人的手心闪耀

可你一直没来我这里
怎会发现,我的春天非常美丽

春 雨

我在等你
你来了,带着风

风是个淘气的小姑娘
不安分地四处游荡
她抚摩我额上的头发
慌乱地吻过我,就逃得不知去向

你落在我的窗台上,洋洋洒洒
然后搂着我,和我纠缠
你激动的泪水呀
打湿了我梦中的种子
让我片刻忘情

我抽泣哽咽织成诗章
把你抒写
春雨是
最美丽的邂逅

春天的模样

你来了
从二月玩到了四月
你的笑声,点亮了四面风
你的轻灵,在春的光艳里飞舞

你来了
山间云雾缭绕
黄昏里吹着风的软
星子瞬间闪烁,细雨点洒在花前

你来了
让一树一树的花开
让燕子在田间呢喃
你是爱,是温暖,是希望

你来了
让我知道
我该在春天里,选好我的耕地
备好我的小牦牛、我的单铧犁
然后播上我梦的种子
让它在春天里发芽
在手中闪耀着光芒

夏花如歌

推开窗户，推开日月
走到地里
学着播种人的样子
小心翼翼地
播下我内心的花种

种子从我紧握的掌中抛出
像一道彩虹的弧线
落在温热的土里
它们静静地躺在那儿
暗暗地积蓄着力量
直到
长出一朵朵如歌的夏花

轻轻地折下一枝花
却不知道把它收在哪里
花儿娇嫩
保鲜期好短啊
担心它会枯萎在炎炎的夏日

对着天空
我高歌一曲
歌声不知飘往何方

即使是顽皮的夏风
也追不上飞翔的歌声

尝试着
在夏天的阳光下不断地寻找
终于找到那枝花，还绚烂如初
还有那首歌，也被我找到
自始至终藏在我的心间

秋月无边

月亮跳跃
我听到了欢愉的呼吸
月色染白了一屋的寂寞
牵出醉了的梦呓
灯光碎了一地月光
红尘被隔断在三十里外
收拾支离骨骼
月亮重挂天上
仍是一脸温柔

池塘像是深邃的明镜
倒映着
金灿灿的树影
风,游走在树梢
嘤嘤呓语
似在诉说
千年心事
月圆了,是时候了

天蓝水澈
温馨的宁静
一湖碧水
装满了月下情话

抓一把月光
思念在季节的转角处折射
在秋月疏影里
写满了情爱的诗篇

一棵老树
掉落了一个季节
光阴的故事
抖落尘埃
孕育着慨叹和感恩
秋月
醉倒在星光闪烁的苍穹
这正是美满的时刻

冬 天

又是一个冬天
皑皑白雪
千里一色,浅或浓
都在季节的末端静淌

捕捉漫天雪花
攒足,堆起一个雪人
是我,把你等候

掏出一颗红豆
一颗红红的心
埋进雪里
待到春天的艳阳
把雪融化干净
心依然在那里
从未变过

折一枝芦花
写一首诗
寄赠给远方的你
零落的芦花透出一身的寒冬
化成了雪地上的一双脚印

冬之恋

你说
你不习惯这初冬的微寒
所以
你止住了脚步
在那个叫冬的季节的门外

我以为
你会送给我整个季节的鲜花
灿烂在冬天的寒夜里
我以为
你会把我揽在怀里
温暖我那颗微冷的心

可是
在冬的门外
你甚至连徘徊的意思都没有
就匆匆离开
只留下门内孤寂的冬夜

抑或是，你真的不习惯初冬的季节
因为微寒
抑或是
你早已习惯了除冬之外的季节

折服在另一个诺言里

你是否想过
你躲在冬的门外
怎能知道冬的美好?
你躲在记忆的长河里
怎能知晓现在,展望未来?

虽然
我已不在你的诗行里
你也不在我的路上
可我还是守望在冬的季节里
恋着你,感受着你
这与你来或不来、在或不在
已经无关了

十五寄相思

我翘起指头
一点点揭开天空的金箔纸
一轮明月破空而出
淡淡的月光碎了一地
我赶紧弯下腰
一片一片地拾起
一片一片地拼合
可最终还是弄丢了一片
弄丢了姐姐
从此，十五的月亮弯了

抚摸着满头的月色
梳理着缕缕的思绪
月亮那头
嫦娥的手指滑过了黑夜的长发
婵娟的玉臂搂住了回家的流星
我紧攥一丝一缕的相思
和着如水的月光
凝固成姐姐那柔美的背影

有人说月亮是个年轻的渔夫，
他把自己的网撒在江上；
有人说月亮像个年轻的渔家寡妇，

她把旧簪子插在自己孤单的长围巾上。
而我觉得月亮是姐姐那汪清水似的凤眸
眼神和柔美的月光一样迷人

一阵风掠过
手指触碰到了月色的清凉
我不敢抬头
怕满怀的月色会趁机溜走
怕目睹着姐姐在云端淡去
怕在离别时刻写泪痕

夜的尽头
月色已被染白
明知道被相思的人儿已经在夜的彼岸沉睡
可我还是孑然一身对着月亮心碎
都说十五的月亮十六圆
姐姐你说
明晚的月亮会圆吗?

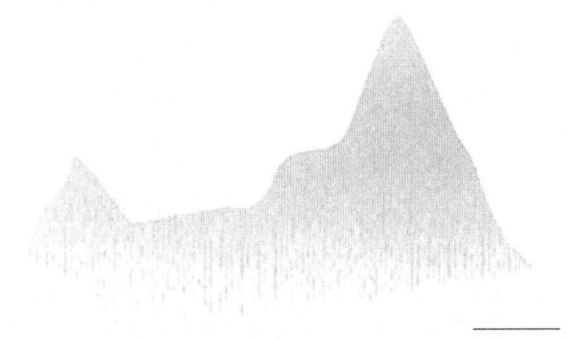

走在美的光环中

你回家了
从河都高速都安南出口而来
就像夜空一颗耀眼的星
忠诚与职责是你的铠甲
而橙色光华是你最美的色泽
在你的明眸中呈现
仿佛是春天里的一缕阳光
但比那阳光更亮更暖

增加或减少这份色泽
就会损害这橙色之美
这美在警徽下闪耀
在国徽下宣誓
在国旗下践行
唯独这美逆火而行
散发它独特的光辉
告诉人们它的来处

风轻拂郁郁葱葱的青松
仿佛欢迎飞鸟归巢
又仿佛在轻轻诉说一个善良的生命
你一脸安详
头枕着翠屏山

似乎要努力记起

曾经被遗忘的诗

还有那个罩在橙色光环中的姑娘……

心　迹

我用半生的时间
守着一方荒原
或许是等待太久
作为这片领土的主人
我感觉累了
很想离开
任由它荒芜

你来了
一帧别致的风景
让我再也无力抵御荒原肆虐的风沙
醉倒在你的心域中不愿醒来
一株新的奇树瞬间在心里生长
在唇上开花

想牵着你的手
在荒原里耕种
年复一年
然而，我又害怕
我们是否能驮运誓言穿越冰冷的荒原

心很矛盾
前一秒钟

还在裂痛的边缘
下一秒钟
却把你的名字溶入酒杯
细细地啜饮心事

情不敢至深
唯恐大梦一场
心很慌乱，黑发散乱
渴望一个人在身旁梳理
却违心地
把你拒之千里

总以为心门是关闭的
连根针也插不进
可心门一旦打开
你便挤占了我心灵所有的间隙
于是，我把船推出河心
搭上带羽翼的箭
对着你的花园拉出满弦

你的眼睛在漫游
我一不小心
就掉进了你眼睛里面的那座房子
无限之爱涌向我的心房
你的双臂盘绕着我
任由炽热的吻灰烬般幸福地塌陷

今生相逢

是树与藤在纠缠

哪怕是做梦

我也要把我们梦成树与藤

树有多高

藤就有多高

根有多深

心就有多深

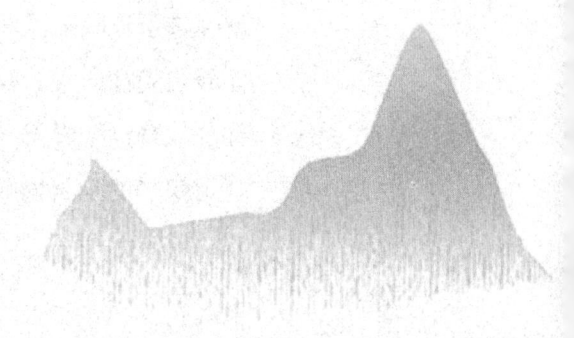

感念母恩

您好吗？我的母亲
我向您问好呢！祝您健康
愿五月清风抚平您的心悸
愿初夏太阳照亮您的心房

电话里，您总惦记着
那些曾经过膝的庄稼
如同在孤独的村庄，惦记着
我这个长年不归的不孝女

您还是像从前一样温柔
细细诉说家乡的玉米、黄豆……
就像在轻唤着
一个个出门在外孩儿的乳名

您还说，太阳花开了
那是我栽种在盆里的
我知道，眉梢间，那朵朵的企盼里
是满满的母爱

一切的深情
再没有什么词汇可以表达
您是我唯一的依靠和慰藉

您是我唯一的难以言说的光亮

亲爱的母亲
忘记牵挂的痛苦吧
五月飘香
正是我归乡的时节

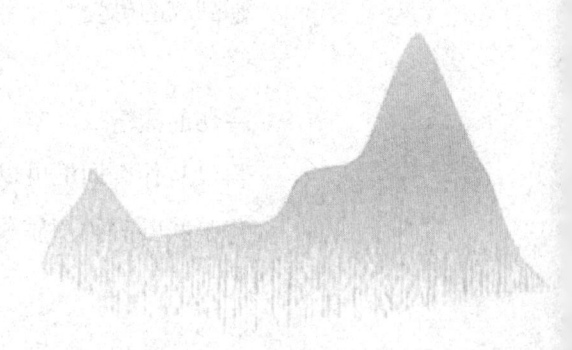

梁慧专辑

梁慧，笔名雨薇子，广东省肇庆市人，现居肇庆市端州区。小学语文教师，青年作家网签约作家。2021年获"中国青年作家杯"诗歌组一等奖，2022年获"2022·全国青年作家文学大赛"诗歌组二等奖，同年获青年作家网"十佳书信"奖。出版有诗集《诗海拾趣》（远方出版社，2023年）。

田野的梦

田野像一个爱做梦的孩子
春天,希望开满花儿
装饰美丽的大地

夏天,希望长满瓜果蔬菜
让人们都有足够的蔬果

秋天,希望一片金黄
处处都是丰收的景象

冬天,希望穿上白色婚纱
将万物笼罩在皑皑白雪中

夏日的声音

夏的声音真热闹
听,树上的知了
鸣个不停

风吹过森林
唰啦啦响彻云霄
叮叮咚咚的小溪
欢快流淌

闷热的午后
一场大雨稀里哗啦
下个痛快
夏日,我们欲恨还爱

村　居

日落西山
暮色渐浓
鸟儿归巢了

劳累一天的牧童
赶着牛儿
慢悠悠地走在回村的路上

不远处传来了鸡犬声
以及老人呼喊孩儿声
声声入耳
给村子平添了一份生机

莲的心思

从春到夏
蛰伏一个季节
碧绿碧绿的莲叶
如大伞覆盖水面

鱼儿在水下嬉戏
闻着莲的清香
尽享夏日的美好

莲的心思
有谁知晓
也许等待粉色荷花
含苞怒放那一瞬间

绿水青山

清澈见底的溪水
葱葱茏茏的树木
让人想起那句
绿水青山就是金山银山

绿水青山
是我们可爱的家园
我们要时刻保护她
保护我们美丽的家园

你看，地球上严重缺水
气温升高，已经影响到人类生存

有的地方滥伐树木
导致严重的泥石流
生态失去了平衡
导致动植物灭绝

这一切的一切
离我们都不远
让我们一起呼吁
保护地球，刻不容缓！

湖畔的杨柳

每当经过湖边
一排排婀娜的杨柳
令人驻足观赏

阵阵微风吹过
柳树像无数少女
在翩翩起舞

柳枝轻拂水面
恰似少女浣洗衣裳
多么喜爱你
婀娜的湖畔杨柳

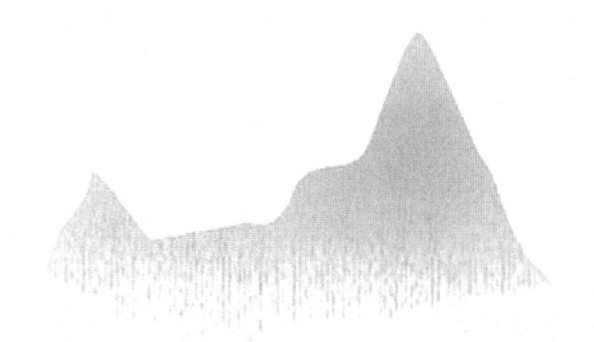

清澈的小溪

记得老家的门前
有一条清澈的小溪
溪水可以见底

小时候,闲来没事
就沿着小溪看小鱼戏水
而今回想,仍觉亲切

老家的小溪
大人们洗菜洗衣服
小孩们戏水玩乐的好去处

夏日，绿意盎然

碧绿的夏日
葱葱郁郁
一片生机盎然

婀娜多姿的柳条
在湖面轻轻拂过
如人翩翩起舞

清澈见底的湖水
见小鱼儿在嬉戏
尽享这夏日的曼妙

幸 福

幸福
一个温馨的词
想象中画面
有一座小房子

房前有一条叮咚的小溪
溪水清澈见底
房的四周围起来一个院子
院子里种着四季的花卉
一年四季开着鲜艳的花

孩子们在院子里玩乐
嘻嘻哈哈气氛融洽
这幸福安康的画面
也是我在寻找的远方

飞 翔

我多想
做一只飞翔的鸟儿
自由地翱翔在蔚蓝天空
没有生活烦恼,没有工作压力

我多想
飞翔在波涛汹涌的大海
看鸥群,看轮船
多么舒畅,多么壮阔

我多想
飞过白雪皑皑的高山
看黄河,看万里长城
领略祖国无限绚丽的风光

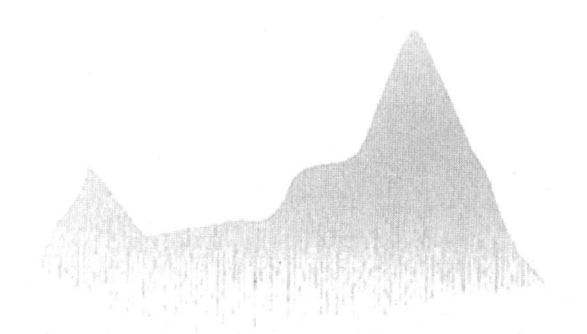

久远的时光

蹚过时间的小河
我又来到这棵树旁
时光飞逝
小树已长成了大树

回想那曾经的时光
你我一起在小溪边散步
在竹林里看书
还在日落西山时看夕阳

这曾经的美好
这久远的时光
还有一幕幕的回想
都保存在淡淡的记忆中

窗 台

曾记得否
窗台上那朵小花
星星般在闪烁

那是你
从田野摘回来的
那是晚风中的碎花

在夜里不断摇曳
在风中不停摇摆
仿佛在提醒我想起远去的你

童 年

每个人都有童年
快乐抑或苦涩
无论如何
都值得回忆与向往

童年伴随着
小鸟的歌声
小伙伴的欢笑声
还有奶奶的呼唤声

水里的小鱼虾
山里的野花
还有竹林的风浪
都是一幅幅图画

童年呀
那快乐的时光
无论飘到何方
都圈在记忆框

巷子的回忆

夏日的午后
轻轻走在巷子里
寻找儿时的记忆

充满温馨的巷子
孩子们跳绳、下棋，嬉戏
老人们乘凉、拉家常
妇女们织毛衣、做手工

离开家乡再远
想起那长长的巷子
弯弯的青石板路
心里有说不出的喜悦

悠悠的往事

岁月沧桑
往事如烟
过去的如风飘走
未来的无法预知

少年的快乐留在记忆里
中年的责任在肩头
老年的计划进行中

悠悠往事
有苦有乐
一生的回忆浓

立 秋

秋已至，暑未减
热浪依然扑面而来
岭南的秋，姗姗来迟

立秋三夜雨
盼望这夜雨的到来
送走那滚烫的热气

秋已至，叶也黄
一阵阵秋风吹来
遍地的黄叶纷纷飘落
好一派大自然的风光

生活的本质

多么希望生活
开始就一路坦途
但现实并非如此

求学时刻苦努力
但没能如己所愿
工作时一波三折

家庭生活并不美满
孩子也没能出类拔萃
人生路如此地蹒跚

生活并非一帆风顺
而是崎岖不平
尝了一路的酸甜苦辣

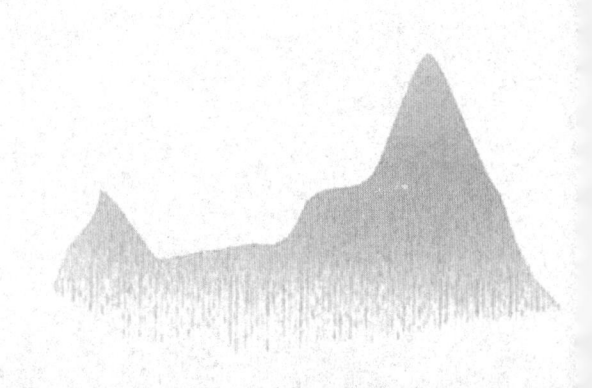

我偏爱的黄昏

夕阳慢慢地落下
奶奶悠闲地站在溪边
呼唤着鸭群回家

不远处的草地上
几只母鸡仍在觅食
给小鸡准备晚餐

乡亲们在菜园摘瓜菜
自己菜地种的瓜菜
绿色又健康

这悠闲的乡间晚景
令人羡慕又陶醉

看过夏天后

太阳干蒸着地面
没有云层的覆盖
地上冒着丝丝青烟

树叶低垂着
草儿也蔫了
知了停止了鸣叫

看过夏天后
才知道酷热难耐
看过烈日后
才知道炽热如火

湖光山色

独自沿着湖边
观赏一路的景色
风光旖旎的山色美

从湖入口那边开始
就慢慢地边走边看
赏花，赏山，赏水

来来往往的游人
都在流连忘返着
谁又舍得离开这湖光山色

秋天的第一首诗

秋天已经悄悄来临
天气也逐渐凉爽
早晚有阵阵的凉意

路边的树上
片片黄叶随风飘动
地面铺上一层金黄

山坡上的柿子、橘子、梨
红彤彤、黄澄澄，挂满枝头
好一片秋天的美景

这个惬意的秋天
一阵阵的风和雨
都是这个秋天的第一首诗

秋　蝉

鸣叫了一个夏天
秋天到来后
天气渐渐变凉
蝉也安静了下来

褪去了夏日的燥热
秋蝉伏在枝头
看着这秋天的枫叶
还有累累的果实

夏去秋来
静享这秋日的惬意

天使的翅膀

美丽的小天使
手捧鲜艳的花
出现在宽阔的广场

戴着蝴蝶的翅膀
唱着动听的歌
成为传播美的化身

可爱的天使
是父母的骄傲
是家庭的希望

可是因为病痛
她离开人间
变成折翼的天使

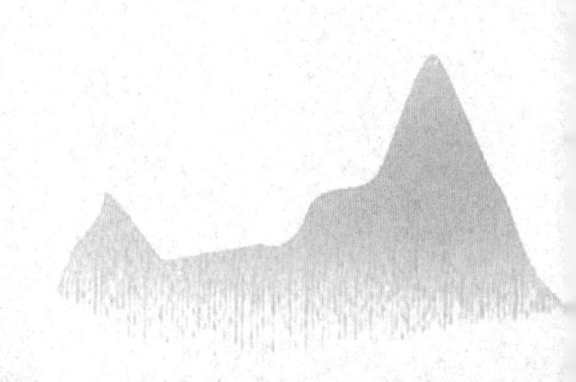

妈妈的味道

每当过节时
总会想起妈妈做的糕点
香香脆脆

小时候
妈妈忙进忙出的
揉面团、做肉馅、蒸糕点

忙完一切已满头大汗
妈妈顾不上吃糕点
又开始忙碌晚餐了

如今离开家乡
难得吃上妈妈做的糕点
也许在记忆的角落
才能寻回那温馨的一幕

风从山中走过

风从山中走过
吹拂着阵阵松林
松林唱起了欢快的歌

风从海上走过
卷起了汹涌的波涛
波涛奏起哀怨的曲

风从田野走过
刮起狂风下起大雨
田野从此积满了水

大山、大海与田野
都是风的好伙伴

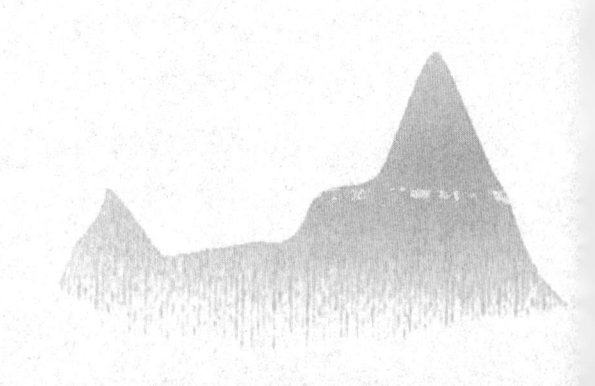

伍祉睿专辑

伍祉睿，出生于1999年3月，现居广东省深圳市。深圳市福田区作家协会会员，青年作家网签约作家。深圳出版社卫生健康智库分站特约编辑，《卫生健康发展研究》执行副主编。作品散见于《河源晚报》《晶报》等。

深爱的少年

梦里，梦里，梦里
你为何反复出现？
甜甜的吻，涩涩的泪
庄重的誓言
惊醒，睁眼，你的身影
恍恍惚惚，若隐若现
几度欲忘怀
却依旧抵挡不住
对你的思念
掩面痛哭，辗转难眠
含着泪，望黎明
数着一天、两天、三天
盼着一年、两年、三年……
叹息，唉，我深爱的少年
你何时才能
永远地伴在我身边？

天

情,便是我的天
天塌了,我也就不复存在了

我爱你

你是情
情是你
我爱情
我爱你

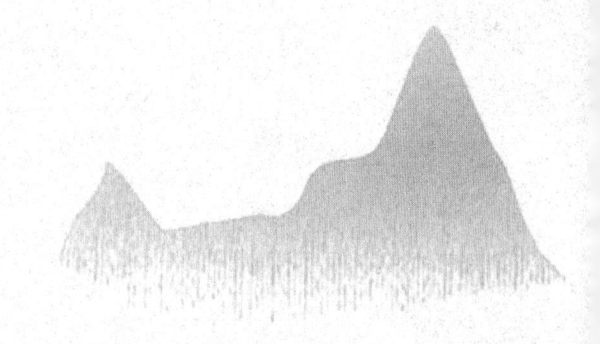

你的眼里

你的眼里有很多
有蓝天
有白云
有大地
有花
有树
有鸟
却唯独没有我

游乐园

保留吧
这最纯真的笑
愿你们以后的生活
不被世俗所纷扰

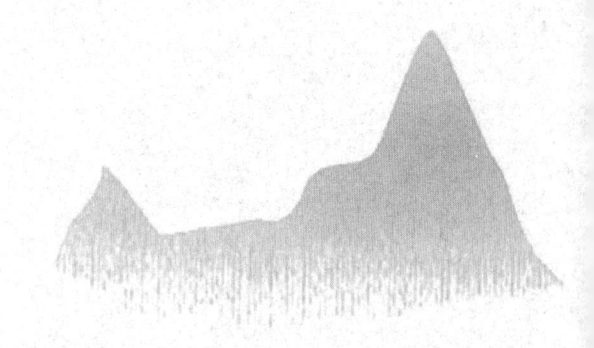

当

当我不再记得你时
我便再也写不出诗了

我希望

我希望
我流下的泪能汇聚成大海
而你就是那条能在海里欢游的鱼

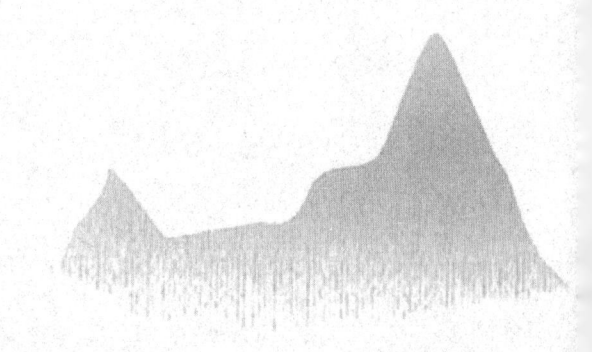

时不时

时不时思念着你
时不时痛哭流涕

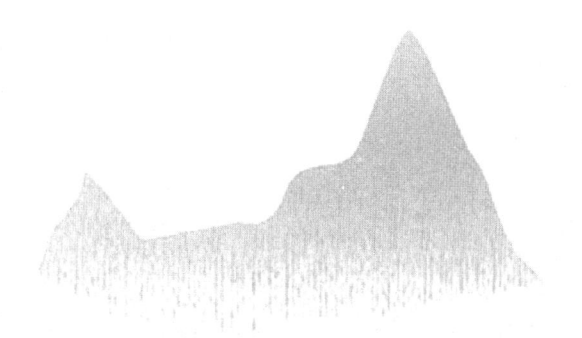

心照不宣

你不说
我不说
一个眼神交会
彼此心照不宣

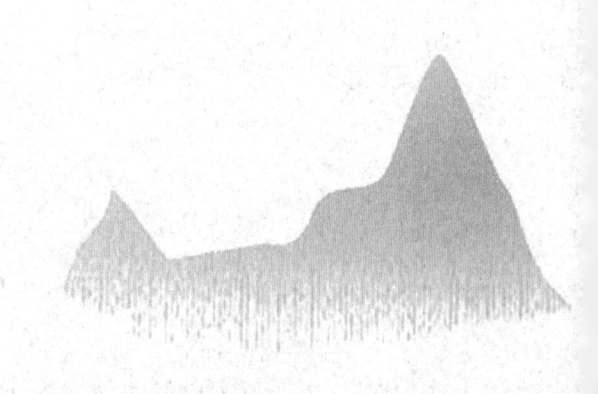

伍祉睿专辑

幸福三事

阳光
书本
骑车的少年

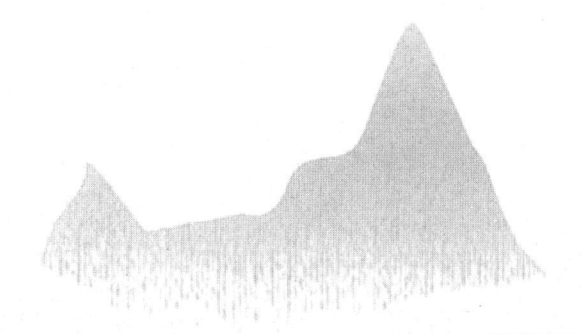

千点墨

你

满纸的情意
满纸的思念
满纸的你

倒　影

你探寻着我

四目相对

从此，你的眼里有了我的倒影

诺 言

你对我说
等我长大了,你会来娶我
我笑着回应
不管是五年还是十年,我都等
我等你来娶我

知 音

回眸那瞬

你我相望，四目相对

心中泛起千层涟漪

嬉笑，打闹

互诉衷肠

不觉间

你中有我，我中有你

好似鱼儿和水

终日难以分离

我知道呀

你是我的伯牙，我是你的子期

吟唱着高山流水

却不似传说中的

悲婉哀鸣

亲爱的

亲爱的
待你成年之时
我一定要亲手为你做一个蛋糕
再送你
一个热烈的吻
一个深情的拥抱
以及几千张纸的思念

光

忘不掉呀
你的浪漫与热情
那么炽热
仿佛一束光
包围着我，温暖地
照亮了我黑暗的心灵
你走了，谢谢你
留下承诺与誓言
还留着回忆让我深陷
大道呀
你是那么黑暗，那么无边
行走在这漫长的无光大道上
支撑我的是回忆
给我希望的是信念
我坚信呀，依旧坚信着——
眼前的黑暗不是永远
大道定会有到尽头的那一天
而黎明的曙光也定会在不久后的将来
在大道的尽头
出现
我期待着、盼望着那一刻
永远

港 湾

你牵着我的手
将我搂入怀中
我靠着你的胸膛
听着你的心跳
扑通，扑通
你的胸膛是那么结实
那么有力量
我想，它大概就是
我能依靠一辈子的港湾吧
不管遇到多少狂风骤雨
都会毫不犹豫地替我
阻挡

醉意的美

世界啊
在不停地倾斜
不停地旋转
它们相互交织，相互融合
相互辉映——
映射出了一道又一道
醉意的美

伟大的事

我做过最伟大的事有四件——
一是爱你
二是疯狂地爱你
三是不停地爱你
四是永远地爱你

诗　人

诗人啊
请带着纯洁浪漫的心
去浪迹天涯吧

诗人啊
请带着纯洁浪漫的心
去寻找自由吧

诗人啊
请逃离
这世俗纷扰的世界
去找寻你的乌托邦吧
那儿才是你的精神王国

诗人啊
我高贵的诗人
请记住
永远不要让世俗靠近你纯净的心灵

容身之地

世界那么大
有高山
有河流
有草原
有沙漠
有诗和远方
却没有一处属于我的容身之地

信 仰

在痛苦中爆发
在自我里沦陷
最后
在艺术中彻底癫狂
叫嚣着为艺术而生
也要为艺术而死
曲罢
狂欢

语晴专辑

　　语晴，本名申依灵，中国散文学会会员，湖北省作家协会会员，青年作家网签约作家。爱好文学创作，多次在报纸杂志上发表散文、诗词、微小说，作品入选《岁月之歌》《花开四季》《青青子衿》《呦呦鹿鸣》等作品集，出版有诗歌散文集《晨露暮雪》（中国华侨出版社，2021年）。

时光向晚

秋日冉冉

秋风瑟瑟

日渐消瘦的荷塘

已没有了往日的丰满

菊黄雁过时

秋雨送寒凉

恍惚间

时光的清弦被谁拨动

穿越浸满烟火的日常

遇见曾经的自己

那是我吗？

抬手捧起一抔豆蔻

锦瑟年华

裙袂飞扬

举眉弄新韵

低首剪清寒

电光朝露间

思如潮涌

然，时光无情

沧桑了缘分

蹉跎了年华

往事如酒

转眼便醉了半生
急景流年
回眸消瘦了思念
水墨青花恋兼葭
红尘过往理惊鸿
枕一阕清诗古词
盈一怀心性淡然
时光向晚
任胸中有丘壑
凭眼里无是非
便是坦然的模样

枫红柳绿

清晨
推开窗
邂逅一缕秋风
呢喃耳语
诉说着前尘
是往事嫣红
还是记忆未央？
铺一页微黄
写一笺琉璃素念
寄往天涯

门外
风景依旧
红尘了了
过客匆匆
沉淀了时光
陌上菊黄开几许
檐下秋红落几重？
未能留住花开
不曾留住花落
一梦归途

柳绿拂过眉间

枫红浸染心上
剪剪秋风渡归客
忽有故人心上过
回首山河已是秋
或不曾遇见
或情深缘浅？
时光织雨
岁月缝花
不诉忧伤

秋 日

阶前，梧叶又秋声
秋风来时
约一程良辰
赏一湾美景
绿草离离，青藤蔓蔓
南山采菊，荷塘听雨

秋水，且共长天
等落霞与孤鹜齐飞
蒹葭水暖
一盏浅茶，半杯秋色
不惹红尘纷繁
不恋俗世三千

白露至，秋意浓
舒云漫卷，斜阳西落
暮色四合，灯影叠深
等来半窗秋雨疏疏
半城清风雨，落地几许凉
风吹淡浮华，雨落压喧嚣

拾一叶秋色，念几番岁月
寻一处角落，静待人间的相逢

眼前走过的
鲜衣怒马少年郎
那场遇见
惊艳了谁的韶年?

此去经年
铺一张时间的素笺
浅蘸季节的青墨
将日子轻书成诗
丹青岁月的风景
不念姹紫,不慕嫣红

淡墨凝香，安暖流年

清风有闲，拂面卷秋来
人生有念，抬眸可相逢
云水禅心处
风情万种时
不写情深，不记缘浅

烟火深处，清风有几许
闲月澹澹，和风尚暖暖
沏一杯秋色
弹一曲秋韵
世事如流，过客匆匆

清歌过岸，雾锁烟雨小桥
绕楼榭影，共守红尘清欢
水墨相逢间
眷眷柔情里
万水千山，日暮天涯

萍水相逢，暖一炉烟火
一别两宽，冷一世沧桑
往事不可追
回首已惘然
淡墨凝香，安暖流年

门前扫月,与山水相安
阶上拾花,同草木为伴
风过疏竹不留声
雁过寒潭不留影
次第花开,今夕何夕?

北方以北,南方以南

时光向晚,日子如禅
花开不惊,叶落不悲
不染风尘,寂静安闲
一程遇见,惊艳了岁月
一窗暖阳,缱绻了时光

白驹过隙
惊扰一片青梅往事
浅舞流年
共剪一双西窗红烛
北方以北
沉鱼落雁惊鸥鹭
南方以南
枫桥渔火燃千年
红尘的烟火早已写旧
清怜的诗词瘦了又瘦
静水流深处,疏影,暗香
高山不语时,魂萦,梦牵

一弯浅笑,尘烟几许
琉璃疏影,兀自美丽
蒹葭萋萋,白露未晞
秋色连波,波上寒烟翠

草木荣枯，云水碧禅心

庭院深深
寂寞梧桐锁清秋
寒窗寂寂
潋滟情诗照月柔
夏至未至
金莺黄鹂弄蔷薇
秋分已分
海棠木槿落银霜
留白的素笺早已泛黄
水墨的丹青淡了又淡
离歌翻新阕，无语，低咽
锦书云中寄，月满，西楼

念微凉

叶落，念微凉
秋雨染红装
颔首低眉，花影眷窗
清兮婉兮，慢贴花黄
一程烟雨，提笔生情
搁浅了谁的一世长安

花开，舞翩跹
秋水映长歌
雁过长空，月照高墙
起兮落兮，西风独凉
半生风尘，落字成暖
缱绻了谁的一生繁华

浅舞流年

晚秋
那一片葱茏
被薄薄的凉雾覆盖
那眉间心上的烟火
被岁月渲染成一抹胭脂红
一如经年那朵
含情盛开的花儿

光阴的故事风生水起
多少花飞花落
多少雁去雁归
一切都归于沉静
那匆匆而过的白马
惊扰了一池青梅往事
你是否
依旧在细碎的明媚里
凭栏远眺、拈花不语?
一如我们当年的
那一份初见

红尘的烟火
早就被我们翻得发白
不要让眉间的心事

千点墨

瘦了又瘦

静水流深处

我研一池水墨

执笔落纸

在那一滴晕开里

浅舞流年

妙瓜专辑

妙瓜，本名缪东荣，曾受聘于杭州市退休干部大学、《浙江通志·外事志》编辑部等单位，先后任编辑、副主编、执行主编、主编。长期从事文字工作，喜爱读书写作，现为青年作家网签约作家。出版有文学作品集《青春富锦》（中国华侨出版社，2021年）、诗集《我的故乡是天堂》（远方出版社，2023年）、诗集《我还有一个故乡是北大荒》（应急管理出版社，2024年）。

老虎的迷惘

——读博尔赫斯《老虎的金黄》

（一）

夕阳，披着老虎的金黄

璀璨而迷人

那更珍贵的秀发也泛着金色

美丽得令人心醉

神话和史诗，还有生活

都在这里相遇并穿越时空

初始的金黄

充满了灵魂的呼唤

流逝的岁月未能让它失色

更闪烁着宇宙的奥秘

神也有七情六欲

阿波罗驾着金车熠熠生辉

夕阳在老虎的背上定格

而老虎，它眸子深邃

于女神愁眉不展的冬季

寻找生机勃勃的轮回

撑过萧条的煎熬

没有恐惧

（二）

落日金黄，一切都是那么美好
难以置信，那笼中的老虎
步态从容如诗
眼神弥漫着孤寂的困顿
诗人蒙眬的眸子里
斜阳早已昏黄

看不见自己流动着的血管的脉络
而梦的隧道又如此真切
如老虎金黄色的纹路
在密林的掩护下独自游荡
存在犹如一个谜团
如梦，在每一个瞬间闪现

在这个森林里
一切都是那么神秘
飘扬的雾气
像在撒开一张纱网
不需要刀光剑影的回忆
只顾黑夜里堆砌黎明的文字

（三）

在睡梦里，谁也不知道自己是谁
所有事情都那么模糊
但又不由自主地沉醉其中
哦，威猛剽悍的虎啊
一直在囚笼与森林之间徘徊
深不可测的欲望

冰冷的铁栏是枯萎的森林
疲倦的眼帘闭上时，溢出悲情的色彩
是在沉思，还是在遥想？
铁栏之外看不见的地方
有无垠的原野
是茂密的森林

金黄的条纹炫耀着与生俱来的王者风范
却演绎了一段相悖的生命之旅
透着对宇宙、对生命、对命运的感悟
那金色的夕阳
如锐利的眼神
让人沉醉，内心难以平静

岁月的星河

（一）

我踏上一座拱桥
感觉石阶像羽毛般柔软
数不清有多少双张开的翅膀
托起一次相拥的渴望

岁月的鹊桥
横跨在曾经和将来之间
时间的河流
在天空和大地的沟壑里流淌

我仰望星汉
绵绵细雨遮蔽了银河的光灿
遥想，于心灵深处
搭建一座隔不断的桥梁

荒漠，渴望一滴水的滋润
风吹过，犹如喜鹊的鸣音
故乡，他乡，挡不住心怀念想
一份柔情，夜幕之下

（二）

我在岁月的星河里遇见你
一朵未经世俗浸染的花
清纯的笑脸
洋溢着粉红色的意蕴

贫瘠的土地上
人间灯火忽明忽暗
而你的眸子里
银河波光粼粼，温润如玉

岁月从不回头
你也不记得原来的样子
可是，我在七夕的梦里
情不自禁地回到过去

在岁月的长河里洄游
今夕，鹊桥可遇
我想摘一颗星星送给你
附赠心语

狂风骤雨

末伏，最后一天下午
天说变就变
不做丝毫铺垫
风呼出强音，枝叶狂摆
雨点如子弹般倾泻
酷暑败下阵来
令它没想到的是
竟以一场充满蔑视意味的驱逐
终结了它称霸的一季

事件极具戏剧性
突然，天空又豁然开朗
我嗅到了秋的气息
几许惆怅，悄然泛起
我的前半生
一切喜怒哀乐，疲惫尘埃
似乎也随那场狂风骤雨
宣泄而去
一如暮色中孤鸟的悲鸣
怅惘，目视远方

雁 阵

大雁不断变换队形,在蓝天
书写季节的符号。我略读懂一些
它们并非宣誓制空权
而是奔走相告环球冷暖

当我仰望它们飞翔的身影
宽阔的湖面和远山一起静默
消逝的不仅是雁阵
还有心的宁静

浩瀚的天空呈现一种不确定的幻觉
用白粉涂抹而堆积起朵朵云彩
仿佛要刻意遮盖掉一些
过往的痕迹

枫杨树的叶子被风吹落
摇摇晃晃,如同一片坠羽
失重,但逃不出
地心引力的作用

胡　柚

它泛黄了，日渐成熟，等待坠落
周围，也不再葱绿，尽显憔悴
我此刻在它身下，徘徊
头上是同一片蓝天
几朵不浓不淡的云很悠闲

在它青涩地躲在叶后的那段时间里
我眼里曾有一种不屑
阻止眼神与之交流
任它那不施粉黛的青春
望着深海一样的苍穹发呆
我像一个小丑
滑稽地从枝下高傲地走过

现在，它橙黄的清亮惊艳了我
虽老了，行将就木，但被称为硕果
许多生命，一出生就预见了死亡
却无悲伤，并期盼着成长

心 情

风儿用手势
诠释了心情
它还眷恋着春,所以
会如此温柔地抚摸夏的脸庞

鸟儿在绿荫里叽叽喳喳
听起来相谈甚欢,其实
是在互相吹嘘
每一个露宿枝头的晚上

我们同在一个美好的屋檐下
四周投来异样的
目光,似在聚焦
一个童话

无论世界喜不喜欢我们
我们依然爱它
谁让命运曾安排我们
缘聚北大荒

又聚小河直街

一条河,两岸枕河人家
不变的街名,变化的建筑与人迹
这个时代的人
徜徉在前一个时代的街头
如此,可上溯千年

河平缓地流淌
街默默地变迁
它们的历史源于记载及挖掘
我们也把足迹印上去
现在肉眼看不见,但一千年后
戴着一寸厚镜片的学者会发现

我们相聚的餐厅有一个
寓意美好的名字——新腾飞
但我们今天不谈腾飞,也不谈历史
只谈窗外——
黄绿相间的枝头在深秋的梦里缱绻
偶尔,一叶飘落,跌入河
随风、随意、随缘、随波
在水的镜子里照见自己
高兴地扑进自己的怀里

我们围着圆桌而坐
如同回到相识的原点
这个世界上有许多人在企图恢复
一座庙宇、一条街，甚至一座城的历史原貌
我们只轻松地笑笑，互相问好
不再刻意把过去寻找

体谅一下那些一千年后的学者吧
考古是一项很艰辛的工作
发现一些蛛丝马迹也颇费脑筋
所以，我们需要留个影
他们会看到。然后
把我们当作历史的遗存
去做一番研究

河坊街

相伴的那条河
已悄然流进历史的尘埃
而长街，还剩下一半
隐匿于城市的繁华一隅
继续繁华着

仿古的屋檐下，挂着
现代的，舶来的，古为今用的华丽牌匾
门前幌若霓旌，招徕形形色色的客官们
散出兜里的碎银

我从这条古老而又仿新的街上走过
依稀记得那木楼的某一角
一杆杆探出窗外的
挂满"万国旗"的晾衣竿
炊烟在岁月的风中袅袅飘散

历史的沧桑，并未镌刻下
它许多真实的容颜
却成功打造了一张古色而又商业化的名片
夕阳洒在街上，再也没有
联袂成荫的行道树遮蔽它们的光焰

元旦的曙光

天边一抹曙光，匆匆在路上
把黑夜甩于身后，头也不回一下
或许，在它的眼里根本没有黑夜
只有黎明。攫住我目光的，是一团
火红渐入白炽的演化

我身体里涌动着许多压抑不住的渴望
一座看不见的火山在燃烧
黎明将去年与今年做了一个完美的切割
灰烬留在了过去
日子重新开始

今天或今年
是昨天或去年的延续
除了变老，我什么也没变
但已回不到原来，一切渐行渐远

天空过于辽阔
把万物衬托得如此渺小
当阳光填充一切空缺时
阴影萎缩，并躲进角落

楼外楼望湖

我是来赴宴的
却把目光都滞留在湖上
这湖水，与往日并无二致
微风徐徐，阳光像琥珀色的梦幻
白堤裸睡在它的光晕下
梦里穿上，桃红柳绿的花衣裳
等着聆听，燕子归来时的情话

楼外楼早已换了新颜
但终究年纪大了
眼神中不免露出一丝老花的浊光
沧桑往事，也是一首好诗

阳光毫不吝啬地往湖中泼金镀银
除了一点折射，并无收获
但湖水还是接受了它的暖意
报以妩媚的笑
我的目光，就被这笑容勾留

忽晴忽雨

雨停了,天色尚在衡量着透光度的比值
蝉憋了一上午,已忍不住叫起来
荷花深情地朝着
碧盘上滚动的玉珠顾盼

那一刻,世界很美
没有硝烟,没有灾难
仿佛没有一切痛苦和烦扰
时间就在这唯美的画卷里流连

大概觉得还不够美妙
船儿也随即轻轻划进画面
岸上,这边,绿草如茵
蝴蝶翻飞在花间

天色纠结许久,终究输给了坏心情
水面又漾起无数酒窝,似乎深藏着
许多个江湖。我却希望它是一首诗
专为这幅朦胧的画面题写

波光粼粼

这河,永不枯竭
从左岸走过
碧水缓缓,照出一个少年
从右岸回来
夕阳的光影于水中如梦如幻
驻足于桥上
看见流淌的岁岁年年

白云悠悠,品读淡然
河流像被注入了思绪
粼粼波光编织出一片宁静
夕阳的影子在水面上跳舞
橙红的霞色
于水中接过钓翁抛下那一竿
独钓的孤钩
波光粼粼下
似乎可见一辈子的写照

穿过那片柳树林

鸟儿的啾鸣
于晨光照耀下婉转耳畔
恍惚置身悠扬的器乐
图画般的景色如梦回少年

幽径曲曲弯弯
清风甜甜淡淡
摇荡不定的绿浪
影子摇曳

蝉声连成一片,撩动心弦
湖水轻波,远舟隐隐约约
我从那片绿荫下走过
波光向我眨眼

夏的气息
从柳浪、从湖面、从花草拂过
我的思绪,回到从前
那时,我也是一片嫩绿的叶子

河边的清晨

每一个沉睡的夏夜总是被鸟鸣唤醒
临河的窗户里传来谁的咳嗽声
大约干扰了鸟鸣的节奏
更多的鸟儿加入合唱

河面被音乐舒缓地撩开雾纱
鱼儿偶尔跳跃一步圆舞
远处隐约传来晨练的脚步
一切都恰到好处

城市总要比这条河醒得晚一些
天色渐渐亮起来,生活的嘈杂声
便轻松地将这晨曲湮没

鸟儿们像下了场的演员
三三两两结伴
去寻觅它们喜欢的早点

淋漓尽致

夕晖透过树冠斜射下来
恰好与我的瞳孔交融
眼前金光起舞
炫目的斑斓在湖面上涌动
一种酣畅淋漓的感觉
像一股清流在血液中奔涌
微风如一首旋律
波光是五颜六色的琴键

摄影师架起"长枪短炮"
于岸边摆开一字长蛇阵
按下快门的刹那
犹如扣动一连串扳机的轻音
没有子弹出膛的啸叫和硝烟
只有对夕阳的赞叹欣赏，定格收藏
此刻，摄与被摄的心情
都淋漓尽致

晒太阳

阳台虽小,但阳光一视同仁
温暖而慈祥
深秋的上午,我坐在这里晒太阳
无须沙滩,也无海风及五彩贝壳

远处的树林心照不宣
静享日光沐浴,一言不发
从高于它们的位置俯瞰它们
谢顶,一目了然

矗立在侧前方的新楼高大、雄伟
遮挡了一部分阳光,制造出微不足道的
一小块阴影。忽然,一抹亮闪烁了一下
一簇红浆果隐于枯色中,窃笑

兰花草

斜阳略显疲倦
于叶隙间落下它的老态

兰花草紫色的瓣
继续着泡桐花四月的守候
也带着紫罗兰盛夏的嘱托
在一条喧嚣的街旁
优雅地伫立

永恒的爱与美，谢了又开
阳光在地下画出皱纹与老年斑
似年复一年的爱恋

此　刻

远处，烈日下一片静谧
心若飘移不定的云
随不羁的野马尽情驰骋

树梢偶尔点一下头
风路过时的脚步太轻
模糊而又真实，淡淡的迷离

宁静，一池夏水看似无痕
倒映着柳枝与蓝天
绿草如沉静的思绪

飞翔的天使在空中划过一道弧线
我伫立，仿佛此刻
置身于一片神秘

垂 钓

阳光在叶尖上跳跃
开出的花，是风撒出的配料
水面陷入梦境般的恍惚
暧昧如火一样燃烧

绿荫下的点缀，有钓翁的草帽
如一尊雕像盯着浮标
每天都下相同的饵料
他坚信，鱼的记忆只有七秒

竹篓里几尾鱼不停地兴风作浪
钓翁眼里闪过一丝微笑
心情不言而喻
不在乎收获多少，乐在逍遥

钓具已更新了几个来回
钩和饵并没有改变多少
不是鱼儿的记性不好
是命运，安排它们把钩咬

平　淡

每天，取悦自己的
不是生活多么有意思
也不是未来有许多迷人的诱惑

当一天在指间悄然滑落
一生似乎也没有什么特别之处
清晨的露珠，是生活里的一滴蜜

日复一日，平淡，琐碎
欢声笑语充盈时，忽然会觉得
生命如裂开一道快乐的缝隙

那一刻，阳光洒进心田
翻动的叶色不经意间露出一抹浅黄
大自然的微笑也如此平平淡淡

天宜居士专辑

天宜居士，本名夏金峣，另有笔名天元、金峣，贵州省贵阳市人。欧洲大学工商管理博士，青年作家网签约作家，北京大学未名湖文学社签约作家。

春雨小院[①]

古井残池野径幽，
青榕绿桂翠竹柔。
花迎飞鸟蝴蝶舞，
蜓吻尖荷锦鲤羞。
我咏君吟歌日月，
君煎我煮度春秋。
劝君别念名和利，
也莫纠结喜与愁。

①春雨小院，位于中国四季康养之都——贵州省兴义市的万峰林中。

云游天下

——访李白故里拜诗仙有感

已是苍颜鹤发翁，
依然沐雨沐春风。
待吾谋断尘缘事，
四海云游学李公。

兰亭雅集[1]

昔日雅集多炯耀,
而今亭榭已沦湮。
风流墨士早归土,
唯有诗文传万年。

[1] 1997 年夏天,赴绍兴兰渚山下兰亭考察,有感而作。

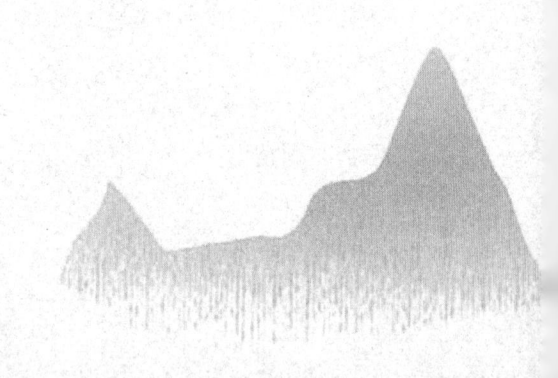

一见钟情

妍姝诗景碧瑶杯，
一见倾心魂已飞。
纵有春醅今夜品，
不及梦里把君追。

大器晚成

——读《六韬》忆姜太公

自尊勤勉向贤髦，
命蹇缘悭未厉高。
凭借暮年强竞奋，
一枝独秀领风骚。

呀诺达

春首闲游呀诺达，
沐阳吸氧漫酌霞。
寻溪踏水穿幽谷，
陶醉其间不自拔。

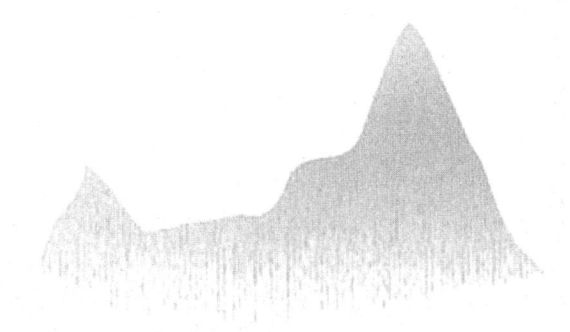

六十生日感怀

斗转星移今六旬，
一生悠逸欲归真。
夕阳美景无穷魅，
再享人间二度春。

躬 行
——读《知行合一》有感

自古空谈轻实拼，
知行合一重躬行。
纵然胸有万玄策，
不及邀时一奋争。

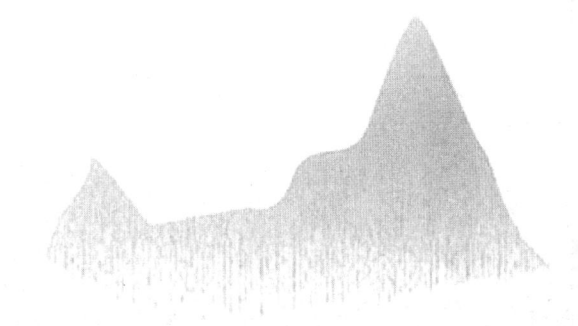

漂 泊

为求生计四方漂,
露宿风餐苦苦熬。
美酒佳肴空梦醉,
醒来犹饿复箪瓢。

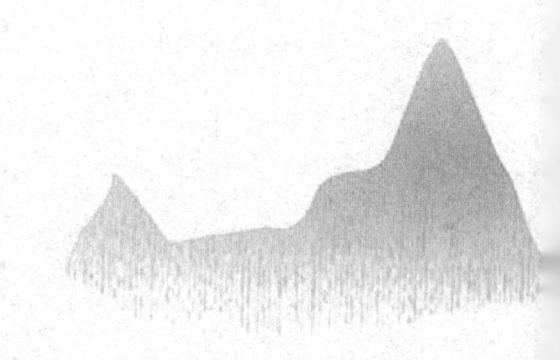

小人与狗

——读余秋雨《小人》有感

小人喷血多肥己，
家犬狺狺为主人。
天下小人何胜狗？
只因瞎眼不识真！

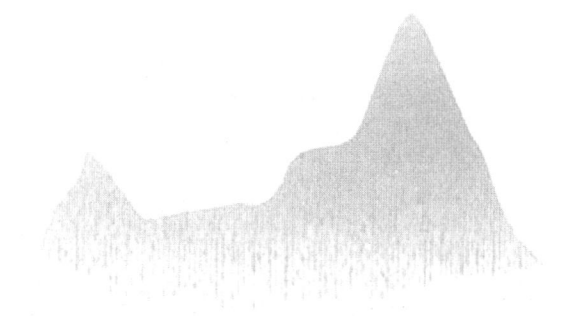

一丛花·一词定乾坤[1]

大江东去水湍湍。
青岸漫岚烟。
灵霞放彩祥云荡,
贵客到、仙鹊鸣欢。
孤身赴险,
弥天豪勇,
生死笑谈间。

存亡兴盛道无边。
谁可挽狂澜?
填词咏雪吟天下,
论古今、指点江山。
旋乾转坤,
中华鼎定,
红日耀瀛寰。

[1] 读《沁园春·雪》,敬怀伟人毛泽东而作。

望江东·天涯海角

三亚煦阳洒霞彩。
水碧净、波明快。
天涯海角与君拜。
九叩首、祈纯爱。
山盟海誓传空外。
梦幻语、真情在。
夜阑酣醉莫嗟慨。
再斟酒、心澎湃。

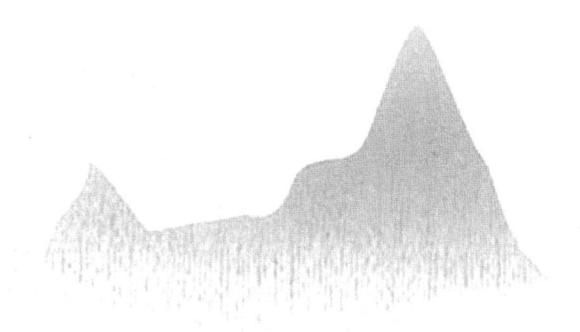

满庭芳·峰林布依

千嶂骈叠,
一河碧水,
鸟飞鱼跃云奔。
步移景异,
花绽惠风馨。
山寨炊烟袅袅,
楼吊脚、古朴玄真。
夕阳下,
万峰竞秀,
七彩洒黄昏。

进门三碗酒,
俊男靓女,
拦道迎宾。
土菜肴,新鲜爽口怡人。
听罢八音坐唱,
高塔上、钩月星辰。
谁堪饮?
豪酌酣放,
与尔论乾坤。

思帝乡·玉龙雪山

晨登,
一轮红日升。
幸运雾开巅顶,遇新晴。
但见神鹰展翅,
翱翔任纵横。
我欲乘风飞去,像云鹏。

峣峥,
十三峰雪冰。
弥亘北南千里,玉龙腾。
跨越雪山俯瞰,
丽江古韵萌。
月夜入城游乐、梦难停。

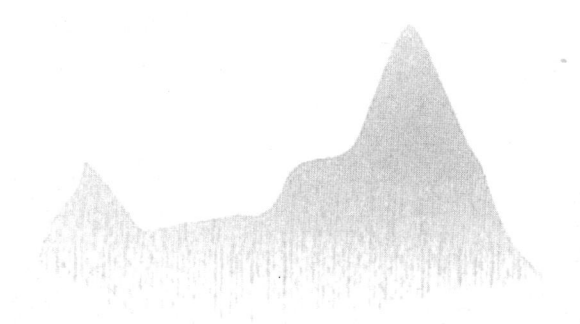

江城子·国际山旅大会[①]

千花怒放色缤纷，
桂芳馨，
酒香醇。
珠水黔山，
含笑喜迎宾。
招聚精英开盛会，
谋合作，
定方针。

一轮红日抹峰林，
映雯云，
景无垠。
山旅登巅，
美梦或成真。
深度融合文旅体，
东风起，
又一春。

[①]"2023年国际山地旅游暨户外运动大会"召开之际，癸卯年金秋作于贵州省兴义市万峰林春雨小院。

清平乐·贵阳避暑

爽城惟筑,
消夏今奔赴。
逛水游山听风簌,
间或泛舟摇橹。

爽爽气候谊劳,
然然生态融陶。
绿野氧吧犹酷,
尽享天赋康疗。

南歌子·中秋

银汉苍苍色,
天晴风爽惬。
云轻星灿月如雪。
邸旅他乡强醉中秋夜。

遥梦归乡聚,
饼香醇酒烈。
时空何处可穿越?
望断天涯千里共一月。

南乡子·白衣天使

倜雅白衣,
翩翩飞来笑眯眯。
走遍天涯频展翅。
天使,
绽放青春美滋滋。

治病除疾,
救死扶伤解危逼。
嘘暖问寒询康适,
谁赐?
生命之花永艳炽。

江城子·观山湖

一湖清水映烟霞，

半池花，

似莺华。

成对蜻蜓，

点水戏黄鸭①。

小岛树梢空降鹭，

蛙忽静，

自停呱。

余生邀尔共安暇，

与村娃，

煮新茶。

锦绣河山，

处处展芬葩。

再返天然和绿色，

重追梦，

走天涯。

①黄鸭，鸳鸯的别名。

诉衷情令·登抱木山

重阳秋色染层峦。

空绿野鸢旋。

登高临顶览胜,

发怔久凭栏。

红日下,

彩云间。

景无边。

万峰竞秀,

一山孤危,

举手拂天。

醉落魄·吾心何安

斜阳西坠,
草枯花落残红褪,
楼空村破狂獒吠。
灯火阑珊,
夜宴食无味。

失魂归鹤心悲悴,
鹧鸪凄啭催人泪,
情歌今晚谁来对?
把盏独酌,
追忆难宽慰。

——2011 年暮秋

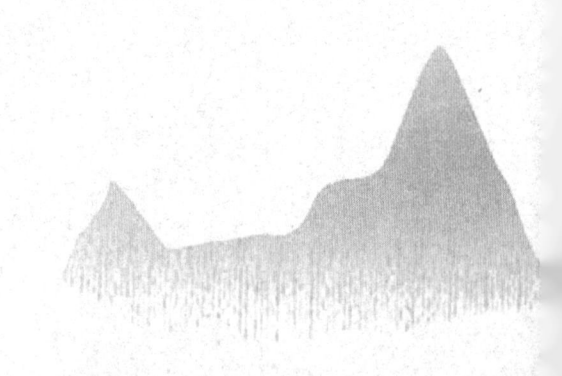

清平乐·磐石体[1]

磐石新体,
问世惊天宇。
数载神交今梦尔,
醉酒邀君抒笔。

潇洒掴管挥毫,
笔力遒劲清超。
重展大师神韵,
再领翰墨风骚。

[1] 为寄张公增亮先生而作。磐石体:当代著名书法家张增亮,笔名磐石,故得名。

鹧鸪天·兴义休闲度假

三角梅开红满天，
万峰林里鸟翩跹。
关机闭网听听雨，
越岭穿溪乐乐山。

幽院里，
古池边，
尝鲜品野小酌欢。
您吟我咏抒情愫，
半似凡人半似仙。

桂殿秋·万峰林马拉松

千水秀,
万峰青。
今跑最美马拉松。
幽幽绿道如仙境,
好似飞奔在梦中。

天气爽,
碧空晴。
花艳叶彩醉秋风。
芦笙唢呐齐欢奏,
翠舞红飞列道迎。

——癸卯年金秋写于贵州省兴义市万峰林春雨小院

阳关曲·拜曹公[①]

古都晞圣拜曹公。
夜梦宓妃泣绪中。
劝君莫咏《洛神赋》，
殊道难同空有情。

①重游洛阳敬拜仙才曹植有感而作。

马长鹏专辑

马长鹏，1968年出生于辽宁省本溪市，现居辽宁省朝阳市。中国楹联协会会员，辽宁省作家协会会员，朝阳市作家协会网络文学学会副会长，青年作家网签约作家。作品散见于《辽宁日报》《友报》《商丘日报》《营口日报》《朝阳日报》等。

清晨，我迎接太阳

蹚着晨露
我不停地奔跑，迎接太阳

漫漫长路，我不在乎
凹凸不平的路石
怎能把我的意志磨光？

死寂的群山，我不在乎
在此矗立了亿万年
何时曾把太阳阻挡？

浓重的雾霾，我不在乎
不冲破黎明前的黑暗
怎能迎来那片曙光？

听，远处雄鸡的报晓
不正是嘹亮的号角吗？
看，一轮鲜红的朝阳
即将冲破云雾峦岗

蹚着晨露，我不停地奔跑
迎接即将放射的，万丈光芒

旅　途

那个不朽的抉择
让你我踏上旅途

两点成一线
你我如梭
东行也凄凄
西行也凄凄

八百里旅程我不累
见不到你　我很累

待到旅途结束时
我们永远相依
永远相依

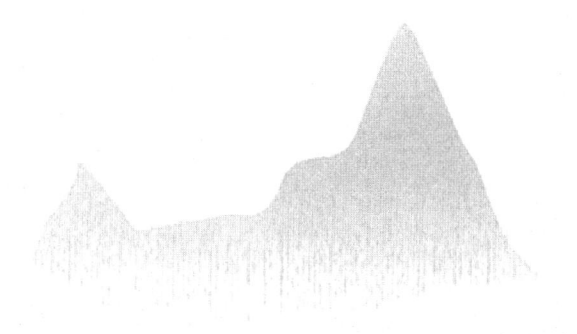

爱 人

人们都说你很丑
我却不在乎

我宁愿在丑的假象下
独享你的美
也不愿在美的光环下
发现你的一点点　丑

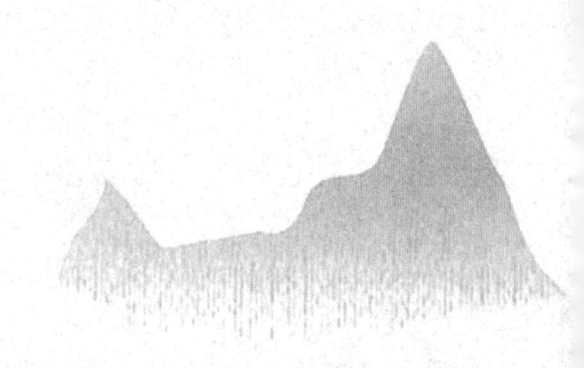

等 待

聚起警觉的思绪
注视力所能及的一切
风,依旧平稳地飘行

无论雨雪交加
无论电闪雷鸣
生命旅途中
爱,就是等待的永恒

思　念

你是一坛陈年佳酿
愈久愈浓
一个热线电话
揭开了薄薄的坛盖
于是整个世界
都溢满了醇香

错　误

如果时至今日你才怀疑
这是一个错误
那你绝没有理由说
这是一个真正的错误

自己经历的越多
值得留恋的越少
一生都在怀疑一件事
难道不是坚信了一生？

即使这是一个错误
也是美丽的错误
一个美丽得　来世
还想重蹈覆辙的错误

为纪念相识两周年而作

多少风风雨雨
匆匆离去
含苞待放的日子
可曾记起
华灯初上时
那个羞羞答答的
月夜?

江南梅雨飘飘
打动了北方的梅韵

几多欢乐
几多烦恼
随雾气消散
留给我们的
仍是流失的岁月

走过的路
毕竟很短
阳光灿烂时
一对凤蝶
翩翩起舞
两颗心共举一柄伞

能否走出
淅淅沥沥的太阳雨

前方的路
隐没于视野
绯红的夕阳下
一行征雁
风雨兼程

乡间小站

相见的时候
我接你
乡间的小站
将我急切的目光
拉得长长、长长
汇入幽幽车笛

分别的时候
我送你
乡间的小站
将我惜别的愁绪
化作几缕淡淡的云
在小站上空飘逸

啊，这乡间小站
你怎会有如此魔力？

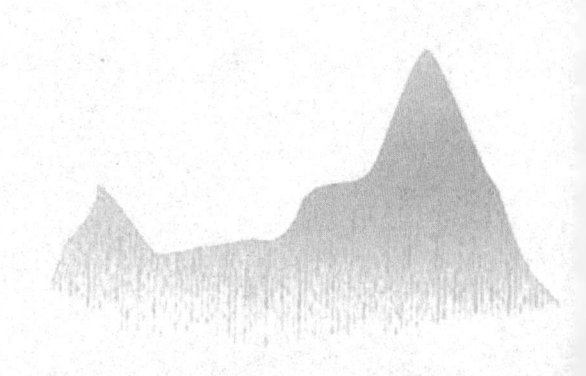

今生我们不分离

在一个莺飞草长的春日
你我偶然相遇
我手持一片枫叶的标本
你肩搭一件素雅的纱衣

目光相交的一瞬
我木讷的心
泛起层层涟漪
那一刻我发誓
要把自己的一生
从稚嫩的青春
到苍老的容颜
都毫无保留地交给你

漫漫风沙磨平我的棱角
我愿意
寂寂荒山压缩我的视野
我愿意
悠悠岁月淡漠我的诗情
我愿意

我要把你当成明月
无论月圆中天

无论月牙天际
我的爱都会像繁星一样
围着你，绕着你

终于有一天
我们走到了一起
感谢长生天
有了你
我生命的旅途中
有了永恒的伴侣

我的爱人啊
我们原是两条小溪
徜徉在各自的水域
那条大河旁
我们不期而遇
相互对视的一瞬
便怦然相吸
于是共同流汇大河
缠绕，嬉戏
你中有我，我中有你
今生我们已无法分离

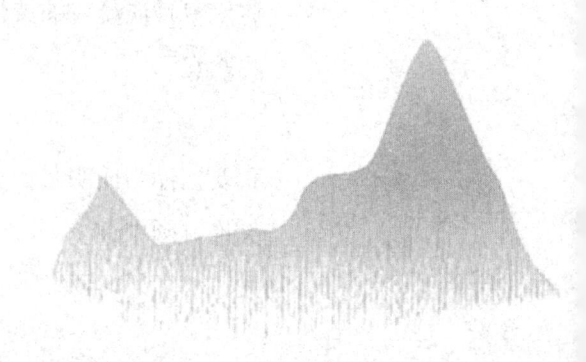

炊 烟

天净风高的日子
它是一根通天玉柱
微风轻拂的日子
它是一练倒挂飞瀑
雨后初晴的早晨
它是一层漫天迷雾

其实，它只是人间烟火
清清白白

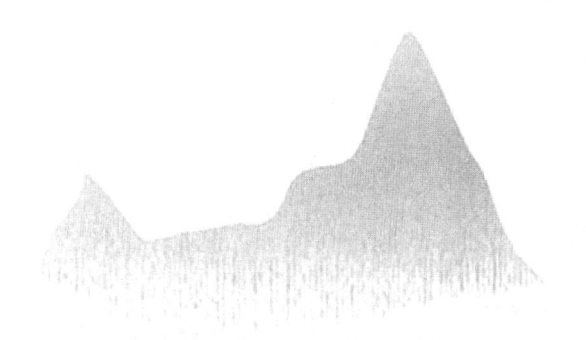

青 春

青春是一本书
不被利用
只能是一堆废纸

青春是一根燃着的香烟
即使不吸
它也会慢慢地燃尽

青春是文学作品
有的可以流传千古
更多只能昙花一现

雾

清晨，视野所及处
到处弥漫着浓浓的雾

一切都是模糊的
田野不再是田野
唯有一声声犬吠
传得很远、很远……

清朗的日子多了
小村人的心便不再清朗
早晨飘飘荡荡的炊烟
就成了雾

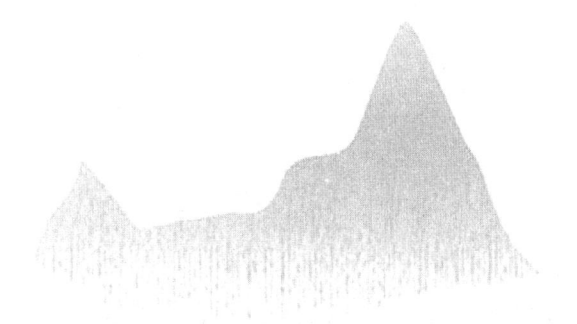

烈日下的独耕者

疯狂的烈日
倾泻着成吨的炙热
也没能烧焦你
心中的希望

你黝黑的身躯缓缓移动
在倾注你生命的土地上
信念似大山般伟岸

地是好地
人间是好人间
你抬起头,望一望
群山上的天空

走进麦地

走进那片麦地
便有一双农民的巨手
上下翻飞

随风摇曳的麦苗
是刚降生的婴儿
接受洗礼

无论何时走进麦地
只要有太阳的日子
便有农人的双手
与麦子交流

农人的双手
在麦地挥舞

五千年的文明史
在这单调的挥舞中
得到延伸

当葡萄渐渐成熟

当葡萄渐渐成熟
我走过秋季
驻足葡萄架下
听古老而美丽的传说
袅袅飘过

于是所有的目光　思想
伴着葡萄渐成熟的声音
在秋日的清晨纷纷飘落

抓根草

一株普通的小草
年复一年
平平淡淡
生生不息

可无论身处何地
它都不负自己的名字
深深地抓住
脚下的土地

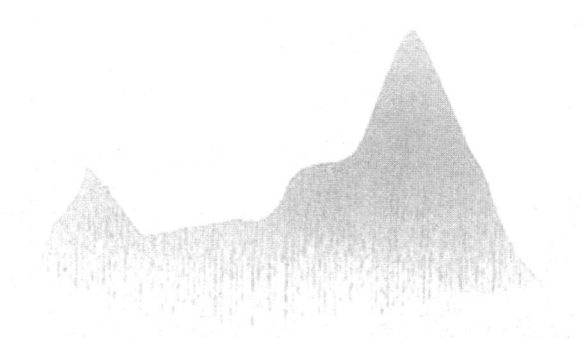

请原谅,朋友

事实就是这样,真的
偶然想起某件事
刚要向你述说时
被另外某件事耽搁了
于是再想刚才
想起的某件事
却怎么也想不起
真的,就是这样

很久很久以后
突然想起那次
偶然想起的某件事
不就是被耽搁的
某件事嘛
于是就想向你
再一次说起……

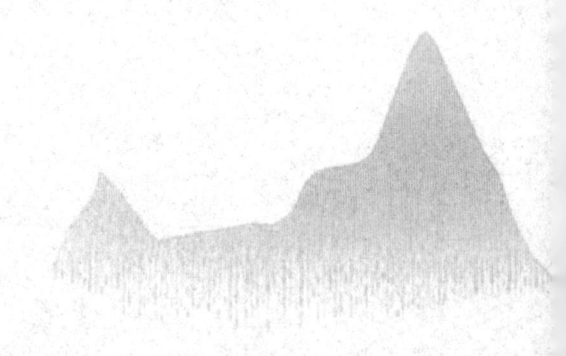

陈红旗专辑

陈红旗，笔名方圆，河北省诗词协会会员，河北省采风学会会员，石家庄市作家协会会员，青年作家网签约作家。创作了大量散文和诗歌，获得多个征文活动奖项；先后被授予"2021年度优秀作家""写作讲师精英""最美文学天使"和"写作之星"等荣誉称号。多篇文章被收录到《花开四季》和《呦呦鹿鸣》等作品集中。出版有散文诗歌集《时间风景》（中国华侨出版社，2021年）。

冬奥雪如意

崇礼，一个名不见经传的塞外山城
因冬奥，一夜之间成为世界瞩目的胜地
雪如意，我国首座符合国际标准的跳台滑雪场地
转眼间，矗立于2022北京冬奥会崇礼赛区

S形曲线酷似象征吉祥的摆件
与冰天雪地融为一体赋予美好的寓意
体现着体育建筑动感造型的美轮美奂
成为最具辨识度的冬奥地标式建筑之一

引入古老文化融入现代符号的雪如意
亮点纷呈巧夺天工的完美设计
160米落差形成开阔的视野
20度逆时针旋转能更好地提高竞赛成绩

她有世界上最长的跳台滑雪赛道
她是世界上唯一建立在山谷间的跳台滑雪场地
阳光下，她在崇山峻岭中熠熠生辉
灯光里，她的优雅形态更显壮观美丽

长城脚下的"如意"骄子
与自然山水历史文化交相辉映
冬奥健儿感受的是俯冲起跳飞行的愉悦

中国人民寄托的是心想事成的美好成绩

遵循绿色低碳可持续的办奥理念
雪如意融入当今最高科技
再生材料、生态修复、风电利用
透气防渗、水体净化，赛后可持续

雪如意凸显着中国文化之元素
代表着北京冬奥会的成功顺利
她是共享开放奥运精神的体现
更能彰显"一起向未来"的冬奥主题

霸 气
——敬中印边境的中国军人

张开双臂，以一当百
是军人的霸气
国土神圣，不容侵犯
是忠诚的霸气
宁可前进死，决不后退生
是勇敢的霸气

军人的霸气
是使命的担当大义凛然
忠诚的霸气
是民族的精神化作永远
勇敢的霸气
是英雄的基因世代相传

我们不想霸权，但我们
捍卫主权不能没有霸气
我们不喜欢霸道，但我们
保卫国土不能没有底线
我们不想做霸王，但我们
护卫国家安全不能不勇敢

霸气的英雄

祖国记住了你们的战功

霸气的英烈

人民记下了你们的姓名

霸气的军人

国家铭记着你们的忠诚

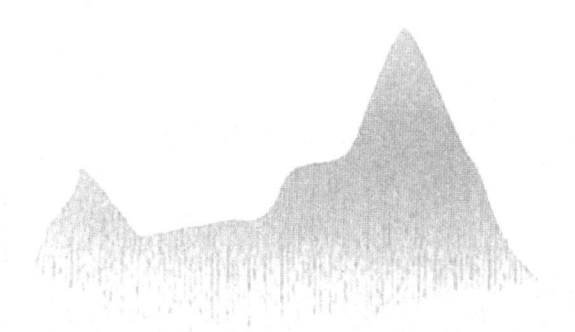

千点墨

英雄气概赞[1]

持续高温久，重庆山火燃。
国人都关切，人民齐参战。
消防战士勇，多省千里援。
铁军冲在前，各界多贡献。
保卫我家园，英雄气概赞。
感人肺腑事，大批量涌现。
不分男女老，力量大无边。
摩托娃勇敢，冲锋特震撼。
可爱重庆人，可敬众志愿。
连续多昼夜，防火长城建。
肆虐山火灭，人财保安全。
救援队凯旋，群众泪涟涟。
消防警辛苦，感谢说不完。
带上我们爱，祝愿身心安。
面对各灾难，团结共克坚。
无往而不胜，灭火精神传。

[1]观重庆人民欢送支援救火队伍场面有感而作。

水

水,地球万物生长之母
水,上苍赋予世间之神
母孕万物,种育养培
神助世间,雨雪滋润

水,静若处子恬谧安稳
水,动如万钧雷霆势威
处子教化,苦心普救
雷霆荡涤,适者生存

水,日常平凡不识真性情
水,紧时重要才知最珍贵
日常不识真情,亦应永不怠慢
紧时知其珍惜,就要视为根本

流年感怀

顺手撕下了今年最后一张日历
树增一轮,人增一岁,童叟无欺
地转天旋,人生更迭,一年四季
对流年的感怀,人人都只有叹息

昨日不可再追
今朝才属于自己
最应该得到珍惜

时间,不能以月以年去"批发"
而要以秒以分来算精细
资源珍贵,谁都不可恣意消费
年华流水易逝
多少事,从来急,必须只争朝夕

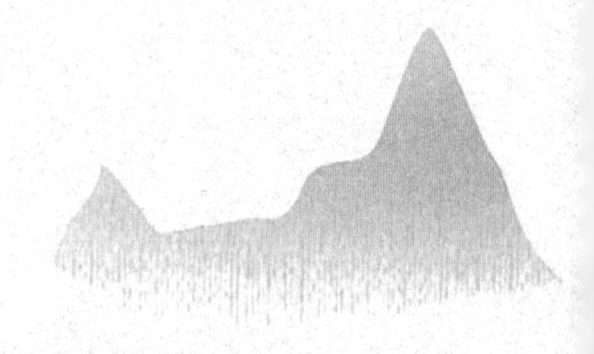

龙　舟

龙是中华民族的图腾
舟乃跨越江河的工具
龙附于舟之上
舟便有了龙的精神
智慧的人民创造了龙舟竞渡
更把集体团队的力量延伸
数千年的团结奋进
百代人的发扬传承
不可忘的是祖先文明
不可丢的是激情竞进

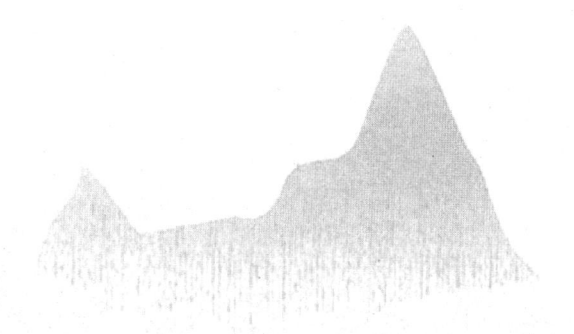

七夕是爱的日子

七夕是爱的春日
在无边无际的银河两岸
一座鹊桥架起
它要见证爱情的神奇
东西两岸的痴情男女
将进行天仙配的演绎
为了这爱的日子
已等待了秋冬春夏四季
为这一天的相聚
经历过多久眷恋的磨砺
为穿越这爱的廊桥
将多少美好事物放弃
为奏响横亘时空的清音
爱的美茧已长出幸福的翅翼
走过爱的日子
有心人快将难忘的故事回忆
在美丽的七夕
有情人快去唤醒彩蝶轻舞的诗意

故 乡

许多往事
或许能在一个人的记忆中淡去
但永远淡不去的
是出生成长的故乡
一个远离故乡的身影
无论走到哪里都是一名过客
难以忘怀的是故乡
故乡有蒙蒙细雨的泅润
故乡有童年伙伴的游戏
故乡有盘石磨，有木爬犁、老旧宅
故乡有母亲伫立眺望着远方
故乡是根，永远是一个人心中的老家
每个人的生命
只是故乡结出的浆果或落叶飘荡
泪眼婆娑的故乡啊
我是您怀抱里跑丢的孩子
无论贫穷或者富饶的故乡
都是我心中最美丽、最心疼的地方
故乡的院落、童年、草木
总是人生中最深情的怀念
亦总会出现在异乡的梦境
还总会背负着缱绻的空囊
把她眺望

幸福的感觉

一种长期存在的平和、舒畅的精神状态
一个努力奋斗的目标和实现后的愉悦心情

一种对自然、社会、心理完美的主观感受
一个对满足、知足、快乐痴迷的瞬间感动

一种总是从肤浅走向深沉不断追求的欢乐
一次用才智和学识果敢接受挑战后的成功

一种把珍藏已久的真挚情感送给你希望你珍惜的喜悦
一次生日晚宴收到特别朋友的特别祝福时的脸红

一种深过海洋、高过高山心中永远激荡的思念
一个妩媚、温柔、风情万种向我看来的眼神

一种相识、默契、重逢在诗与画中的共鸣
一个在离别痛楚弥漫时被安慰的话语感动

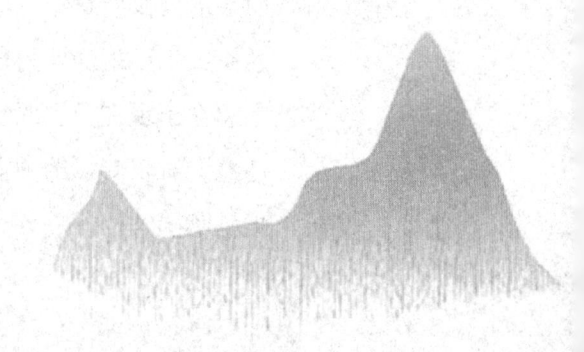

读 书

抓一把黄土叩问历史
读书有用无用?
在天地间轰响着一个答案
人类文明结晶于书
书是人类进步的阶梯
阅读跨越时空之经典
可获取接天通地之感悟
可得到情趣品位之人格
可帮解人生悲喜之困惑

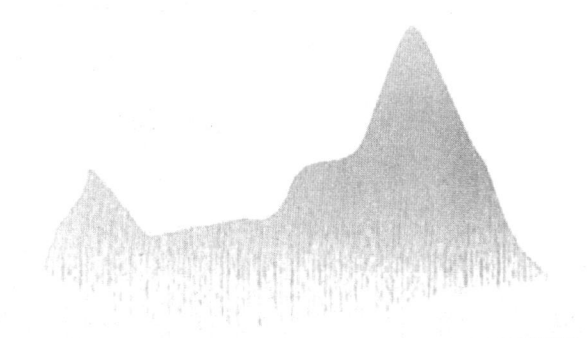

至乐无如读书
饥时能当肉
寒时可作裘
孤寂之时当朋友
幽忧之时解千愁
心清自得读书味
室静方觉知音厚
生活不怕贫与艰
读书何惧苦作舟

劳 动

——纪念五一国际劳动节

劳动最光荣　劳动最伟大

光荣伟大的字眼

因劳动而熠熠生辉

因劳动而壮美无限

大国工匠　单位先进

行业标兵　劳动模范

劳动队伍中的佼佼者

是共和国建设的中坚力量

建筑工地　工厂车间

田间地头　服务战线

劳动者忙碌的身影

为人民创造着美好的明天

热爱劳动　劳动中可以实现梦想

参加劳动　劳动过程可以矫正三观

尊重工匠　就是尊重高尚尊重创造

敬仰模范　就是敬仰神圣敬仰登攀

我们践行劳动分享劳动成果

我们崇尚劳动共享劳动金山

共和国的大厦里有我们增添的砖瓦

幸福美好的生活中有我们的付出和奉献

让五四精神薪火相传
——纪念五四青年节

青春，是渴盼无数、拼力跋涉
孜孜奉献的黄金时节
还是只争朝夕、不负韶华
人生出彩的关键阶段

青春，正值风华正茂、挥斥方遒
意气风发的奔放时期
也生发出指点江山、激扬文字
神采飞扬的澎湃情感

在民族解放的道路上
一代又一代有志青年
毕生报效国家，热血融进河山
让五四精神薪火相传

在民族复兴的进程中
一批又一批热诚青年
坚定理想信念，青春闪耀梦想
不畏艰难，甘于奉献

青年，似一团玄奥多彩的面泥
只看你能捏出个什么样的作品

置于人生案前

青年，是一簇黎明燃起的火炬
将人生与祖国紧密相连
乘风破浪勇敢向前

青春韶华

美好的时光
美好的年华
风华正茂，只争朝夕
阳春泽万物，韶华不负卿

以梦为马，未来可期
长路漫漫，无所畏惧
砥砺前行，锐意进取
鸿鹄大志翱长空

人生之路必经风雨
运气就是机会和努力
时间和精力的舞台搭起
编织出美好的前程

瀑布壮观因为没有退路
花开惊艳因为经历了严冬
岁月回首卓越经典
青春永在不负初衷

秋　思

秋雨，终将暑热冲离
秋风，已把伏天吹去
植物们，飞快地生长成熟
虫蛾们，急速地进行繁育
树叶，开始抵御冷的侵袭
绿草，准备为新的一年蓄力
秋，无论你喜与不喜
已经大踏步地步步进逼
冷，无论你愿不愿意
马上要裹挟你的身躯
迎接秋的给予吧
收获沧桑的成熟
努力地储蓄物力
跟上冷的节奏吧
静静地把大地的绿衣褪去
顺其自然地轮回四季

立 冬

新冬已立
秋色已远
问一声冬天你好
送一句秋天再见
冬，积蓄和蕴藏好时节
冬，春暖和花开之前沿
冬来春不远
春与冬相连
阒寂冬日的冰雪
是春季到来前的沉淀
灿烂春天的百花
是冬天积蓄的奉献

等待着春的归期

微风吹走冬日的寒意
春天带来青翠的新绿
在诗与画流动的季节里
我静静地等待着春的归期

白雪还没有从峭立的山崖消融
迎春花就已经开放在大地
我用彩云编织一首诗篇
把我对春的思念悄悄地传递

在放飞希冀的春天里
我的琴声是田野的翠绿
我的歌声如盛开的花朵
盼望着一只美丽蝴蝶的飞抵

那一份份深深的怀念
总是撩拨起醉人的思绪
那一次次甜甜的回忆
给我留下一个个永恒的美丽

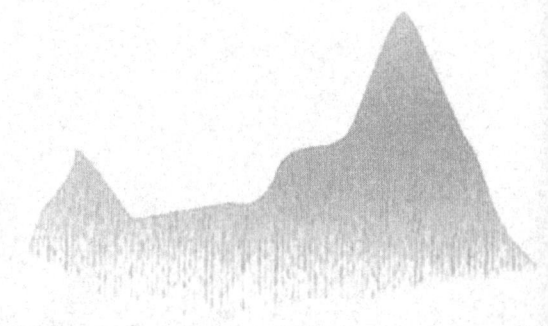

方　趣

方里画方方中方
芳香味芳芳有芳
房中建房房内房
坊间有坊坊牌坊

防守预防防备防
放行存放放心放
仿效模仿仿照仿
访谈采访访问访

纺绸织纺纺纱纺
妨害有妨妨碍妨
舫楼画舫舫游舫
枋木柱枋枋树枋

圆　趣

圆中画圆圆又圆
园里建园园连园
院内有院院套院
苑园重苑苑中苑

缘又结缘缘惜缘
愿遂心愿愿许愿
冤上加冤冤更冤
怨还增怨怨上怨

远行很远远方远
援助支援援救援
渊至深渊渊厚渊
源到尽源源头源

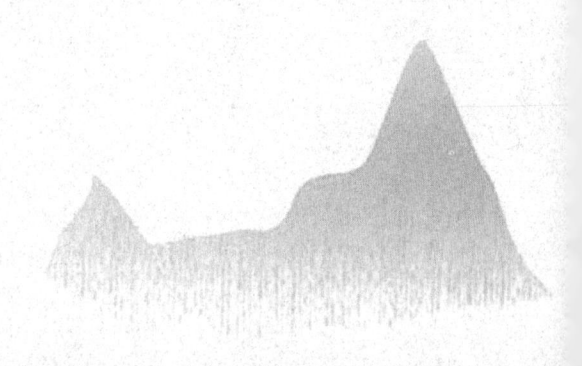

胡虎专辑

胡虎，四川省成都市人，现居美国。本科毕业于中国科技大学生物系，二十世纪九十年代初赴美留学，先后攻读了三个领域的硕士学位（生化与分子生物、计算机、工商管理）。目前在纽约一家银行担任技术管理职务。业余时间热爱绘画与写作。曾在《世界日报》发表散文，在几家中文诗刊上发表了诗词作品。

秋天看海

那些秋色缱绻的傍晚
我们一起去海滨看海
踩着金色的叶子走
从亮丽天走进深暮
有时夕阳与新月齐辉
有时白鹭与褐鹜对飞

我喜欢看起伏的浪
你喜欢看多彩的霞
在人间这一隅，默默
体会日渐浓稠的秋意
那靠岸的老船，仿佛
停驻着一生的漂泊

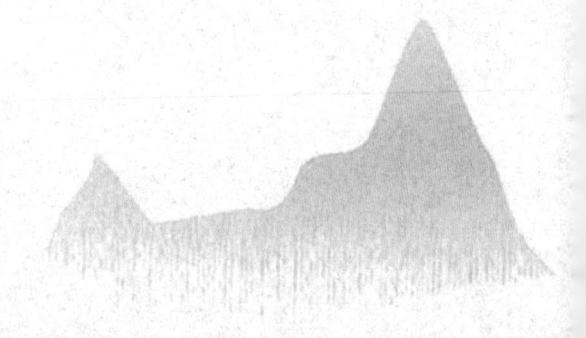

第一次在国外餐馆打工

第一次在国外餐馆打工
老板只让我做收拾桌子的勤杂工
我郑重其事地换上
从国内带来的真丝黄衬衫
与瓦蓝色新裤
那是个除夕夜,餐馆爆满
我像一匹骁勇的战马
奔腾在餐厅与厨房之间
小费是给侍者的
那晚我总共只赚到十二美元
带着一身的餐馆味我"收兵"回家
新年伊始,月如钩,妻已歇
我解了甲,看见镜中
一匹好清瘦的马

蒙克的《呐喊》

蒙克的《呐喊》
画的是啥？
我想起女儿高二转学后
那些痛苦
她也画画
她画的是雨中哭泣的莲花
还有紫罗兰穿过忧郁的女子的双耳
那画的名字却叫《优雅》

晒太阳

喜欢秋日下午的太阳
暖暖地照在倦怠的身上
看树梢秋叶细腻地发亮
还有遍地斑驳的落黄
如今的点点滴滴
日后皆会模糊成为过往
而未来就这样扑面而来
有些事情猝不及防
窗前的无花果延迟了很久才结实
桶里的茭白也发育不良
玫瑰花却从五月一直开到十月
陪我在下午一起晒太阳
那密密的阳光如针灸
扎在我裸露的脸与脖子上
让我的面容如安静的河床
泛起粼粼波光

逝者如斯夫

每片叶的落下
每朵花的凋谢
每个生命的戛然而止
甚至一年一季一天一梦的结束
都是简单的、粗暴的、残忍的
不停留的逝去，不间断的告别
不停留
不告别

布莱恩特公园

当咖啡摔倒在地上
我听见女人的冷笑
两个年轻人手挽手走过第五大道
像鹅一样欢叫
许多人在公园交谈
类似于蝉噪
白云望着地球寻思
下周去哪儿浪游一遭
这个世界全是陌生人
那几只鸽子，倒似乎是故交

元旦晨之呓语

到山里去，到山里去
强筋健骨
做一个长寿的僧
到沙漠去，到沙漠去
体验绵延荒原的大绝望
站立成一株挺拔的仙人掌
到海里去，到海里去
几番挣扎与沉浮
让蓝鲸吞服入肚
再用力，用力踢它的腹
若不是因为不可逆
到彼岸去，到彼岸去一趟吧
回来分享什么是死亡
到外星去，到外星去
细看地球外的智慧生物
留意眼睛的形状、性别的差异、居住与饮食的习俗
它们穿不穿衣裳？

不必相信未来，不必
把现在折腾够了
勿论得失
便可扬长而去

深夜开车的幻觉

灯光扑朔迷离
两旁的树像黑狮扑来
前方仿佛是海
我驱车夜奔倒悬天宇
地心引力突然失控
我径直向月球飞去
只见山河崩裂
海浪如血四溅
万物反叛
暗物质也都越狱而逃
生向死奔去,死向生涌来
漫天桃花盛开
天使借我翼,彩云借我衣
我左手拉缰,右手提刀
骑着藏青色的天马潇洒无羁
时间的箭向八方射去
十一个平行宇宙中的我
相邀在银河系外相聚
天边雷霆万钧,声声回响着念念不忘
身旁下起量子雨,滴滴飘飞着心灵感应
我与失去平衡的太阳擦肩而过
彼此交换灼热的目光
我表达敬意

他传递珍重

沧海与桑田拥抱

老虎与玫瑰亲吻

造物主把所有的答案公布后

宇宙将重新分解组合

演绎新的偶然与必然

混乱与秩序

诞生出崭新的物种

崭新的真理

这不是梦

是我最清醒的幻觉

递归梦

我常在梦里又做梦
所以醒来还在开始的梦中
所有的初景都完美如蓝色的湖
结局却常常凌乱恐怖

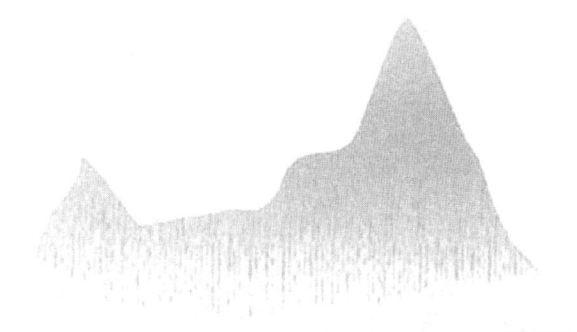

往事像落叶

往事，像落叶
在我的门前屋后越积越厚
后园的杂草
则是我眉头发间纠结凌乱的烦忧
花，冷清地开在月光里
像我的心一样敏感多愁

地铁站听大提琴独奏

你的琴声悠扬

打动我的心房

俗念顿消速散

倾耳听琴泣唱

是否前程崎岖？

或许情路漫长

异国、他乡

游子、彷徨

我听到无比澎湃的心潮

我看见浪奔浪流去，花开花谢了

还有

生命中无可承受的那些

沉重与轻佻

以及

不甘心消失的美好

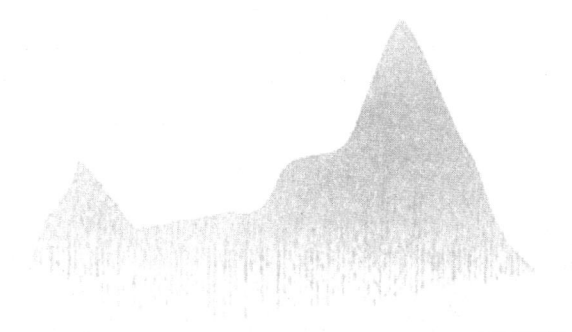

蝉叫了一晚上

蝉叫了一晚上
叫出了蛙鸣感
我其实也叫了大半辈子了啊
在心里面

写给 2020 年最后一天

人生是一袭华丽的袍子
上面爬满了病毒
我用沾了病毒的手
白天看股市，夜里读点书
偶尔抬头望着窗外
幻想早日退了休
能在美丽的岛上晒太阳
眯着老花眼回忆
那些年的蹉跎
与苟且偷生的幸福

那夜故乡入梦来

那夜故乡突然入梦
梦里母亲和弟弟尤显生动
过世多年的老爸
还是那么硬朗健谈
成群的孩子在池塘里嬉逐
几只鸭尾随其后

那夜故乡突然入梦
梦里葡萄开花柳枝摇曳
父母都还没老
我也正青春年少
只是举止稍显老成
似乎已懂得些世故

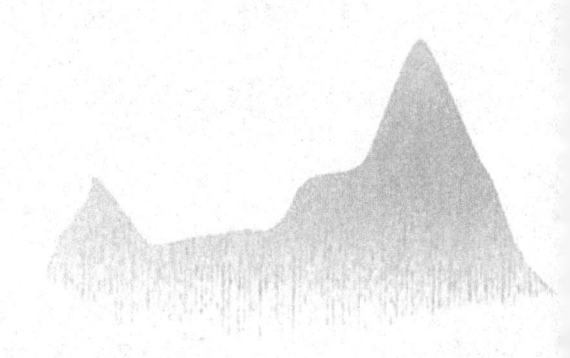

点绛唇·半生结(通韵)

大难藏福,
常思好运何年付。
小桥留步,
静水观白鹭。

应笑糊涂,
犹笑多情误。
玩辞赋,
炒些闲股,
便把韶光度。

浣溪沙·渡口秋风送早船

渡口秋风送早船,
白帆桅上海鸥旋。
清波滟滟小晴天。

短袖轻鞋身自在,
萍踪浪迹梦常牵。
归程细雨打栏杆。

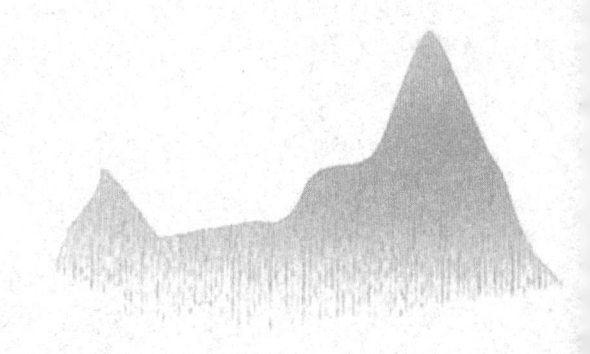

浣溪沙·廊外苍桐罩翠坪

廊外苍桐罩翠坪，
梁间老雀唱新晴。
护根落瓣不留名。

莫叹光阴驹过隙，
且观满地草长青。
应将余热变燃煋。

临江仙·寞寞初秋

林寂犹闻蝉吵,
酒酣难释愁情。
年年秋后睹残英。
水平风弄皱,
日落鹜孤鸣。

今夜不思往事,
喃喃说与谁听?
五更人醒意难平。
清风邀素月,
陪我到天明。

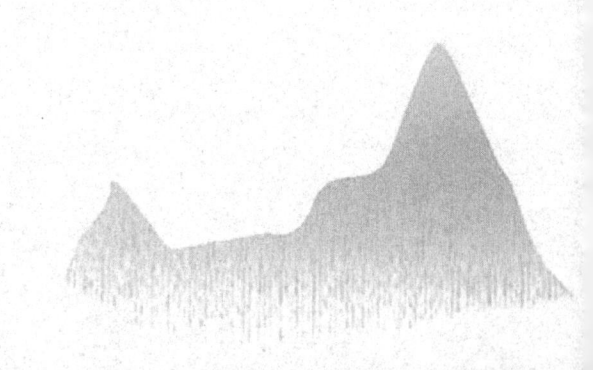

鹧鸪天·持拍提桶舞后园

持拍提桶舞后园,
灭蚊浇树汗涟涟。
杂竹泛滥连根扯,
野草嚣张靠底删。

煮辣面,
品香烟。
消磨周末大晴天。
随风翠鸟呼朋叫,
喜水茭白叶已弯。

长相思·又见科大东区

男生楼，
女生楼，
人去楼迁佳话留。
清风素月幽。

神童牛，
神童愁，
弹指之间已白头。
回望三十秋。

咏雪雁（中华新韵）

海阔山高邈，
思乡雪雁归。
浮霞游万翼，
静水驻银辉。

贺教师节（中华新韵）

奠基造化择良莠，
育圃园丁功首推。
满苑金秋结硕果，
千桃万李谢春晖。

自　嘲

本乃蜀都疏浪客，
身漂异域老童真。
为敷生计有低就，
犹喜无羁不信神。
情趣渐滋诗画癖，
心潮常系柳棠春。
梦中天马任潇洒，
醒后红尘一俗人。

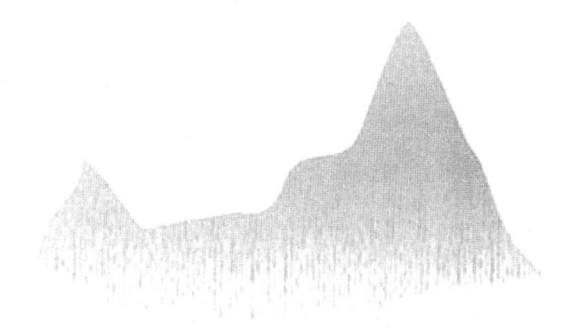

无 题

自从秋雨后，
小院夜凉肌。
朱槿励心志，
黄玫惹意痴。
新闻频闹耳，
旧友暗伤思。
四季轮回转，
人生或似之？

忆峥嵘

夜深忽忆去年事，
秋旅科州染奥戎。
触目先惊双道显，
倚窗犹见满山空。
反思今昔檀床上，
顿悟死生沙发中。
应谢苍天怜贱命，
急危之际发强功。

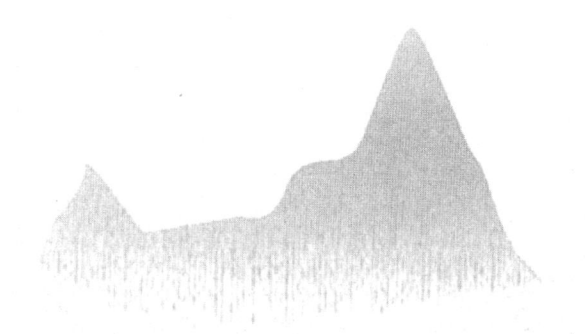

香 葱

家桃果小负初衷,
惊喜盆中郁郁葱。
休叹秋冬花卉少,
香葱头上满玲珑。

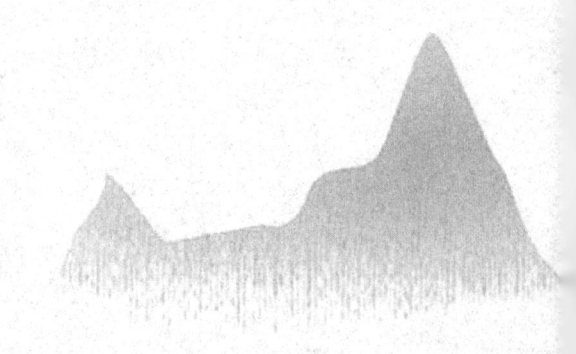

吕永昌专辑

吕永昌，笔名吕不伪，1981年出生，浙江省永康市人。中学教师，金华市作协会员、网络作协成员，永康市网络作协秘书长、乡土文化研究会会员。著有网络历史小说《搬个梁山闯三国》，深受读者喜爱；有数十篇诗文在《婺江文学》《永康日报》《方岩》《龙山文苑》等报纸杂志上发表；曾获永康市青年教师作文比赛一等奖。

阿不：亲爱的

老不以前是小不

小不瘦弱，清瘦的瘦，软弱的弱

小不近视，戴一副宽边眼镜

小不读书用功，绝大部分时间安静地待在教室里

写完作业有空闲时就翻阅杂书

小不喜欢写诗，写那个年龄段男生女生喜欢的诗

小不不说脏话，他认为性器官词汇很羞耻

小不喜欢干净，他穿白色的衬衫

小不读文科，他觉得人生最大的成功是留下文字

小不认为这样的人生很不错

小不从教室门前走过

小不听到一句让他震惊的话：

"小不是书呆子！"

小不不认为自己是书呆子

小不不愿意被别人说成书呆子

小不决定让自己更阳光

小不选择打篮球

小不出现在篮球场上

小不说："加我一个，不太会打。"

小不真的不太会打，在哪队哪队输

小不不服气

小不天天抱着篮球，练习，练习

小不继续求组队

卡位、对抗、碰撞、口吐芬芳

流汗、犯规、出血、受伤倒地

突破、传球、投篮、球进

小不居然感受到篮球的乐趣

小不读大学，小不就变成了阿不

阿不在食堂看 NBA

荧屏里观众在山呼海啸，荧屏外观众也在山呼海啸

阿不被震撼

阿不更震撼于球场上球员的表现

3 号是桀骜的精灵，疾如闪电

8 号是孤冷的侠客，绝美如画

34 号是狂暴的鲨鱼，毁天灭地

阿不从此迷恋上 NBA

阿不逃课看比赛

阿不从嘴里省钱买《篮球先锋报》《体育画报》

阿不寝室贴满科比的画像

阿不开始每天吃完午饭在球场上打球

阿不等晚饭时间到才离开球场

阿不参加大学比赛

阿不选择 8 号球衣

阿不打后卫，他能传球

阿不打前锋，他能快攻

阿不打中锋，他能抢板

阿不说：

"教练，只要能让我上场，我打什么都没关系。"

阿不不停地跑，不停地对抗

阿不不断地纠缠对方的最强点，对方一肘击来

阿不满嘴是血，门牙松动

阿不的队友聚拢，推搡对方

阿不看着比分，不想比赛荒废

阿不劝阻了队友

阿不罚球

阿不罚进，比赛结束

队友欢呼，紧紧拥抱阿不

女同学欢呼，拥抱阿不，没有紧紧

阿不爱死了这感觉

阿不工作了

阿不依旧喜欢篮球

阿不一周打两到三场篮球，雷打不动

阿不会聚了一群哥们

高瘦力大的雷

健美壮硕的电

黑壮如牛的火

能跑善跳的雨

天赋绝伦的风

阿不跟着哥们每年参加当地的各类比赛

阿不嘶吼暴跳，因为错过一个时机

阿不口吐芬芳，因为判罚一个错误

阿不酩酊大醉，因为赢下一场比赛
阿不一周看两到三场 NBA
雷打不动
阿不看云起云消，群雄起起落落
看着马刺队、活塞五虎、风之子、绿巨人
看着 35 秒得 13 分的奇迹
看着玫瑰绽放又凋谢
看着"这是我的地盘"
看着世纪绝命 3 分力挽狂澜
看着众"臣民"膜拜"新皇"
看着水花一浪高过一浪
看着三双①易如反掌
阿不依旧喜欢最初看到的那个篮球少年
只是少年已经不再是少年
8 号改成了 24 号
飞侠变成了黑曼巴
不变的是他的坚忍、偏执、勇气、斗志
人们称这种精神为"科比"

阿不叫着叫着成了老不
老不打不动比赛了
老不戴着宽边眼镜
老不身材发福，大腹便便
老不穿衬衫打领带
老不写文章，只是不再写诗
老不不说脏话，那样会教坏他可爱的儿女

老不依旧看 NBA

老不看到科比跟腱断裂罚完最后一个球

老不看到科比退役战得 60 分

老不看到科比说"曼巴淘汰"

老不看到科比写下"亲爱的篮球"

老不看到科比永远的离开了

老不很想哭

老不不会哭

老不想了想，写下"亲爱的篮球"

老不想了想，擦去"篮球"

留下

"亲爱的"

①三双：在篮球比赛中，得分、篮板、助攻、抢断、盖帽中，有三项技术统计达到两位数，称作"三双"。

七 夕

（一）

七月的热浪敲打门窗
蝉噪遮不住少女乞巧的着急
天穹蔚蓝到透明
不知晓哪里可以安放鹊桥
也许等待黄昏
那月如同弯钩
等柳枝儿悄然披拂
柳叶儿筛过的灯影
唱响七夕出生者的生日之歌

放肆寻找那颗天琴星
沐浴满身的星屑
一手牵住慢行的老妻
香樟湖悠闲
晚风吹拂发梢
荷花酿出酒的香醉
左手握住右手的日常
守在俗尘

(二)

莫非真是独留人间的牛郎

今生七夕的轮回

只是生怕遗忘了那个哀怨苦等的前世

桥前孟婆感慨地一叹

耳边回响依旧

叶子落了，叶子又复生

雪花落了，雪花又消散

千年不变的痴痴等待呀

早已化成发间的星点

誓言生生不忘

七夕与你相逢

心悲戚，为那一世的别离

情翻涌，为今夜的相逢

鹊儿呀

今夜拜托你

(三)

把相思梳成发髻

把牵肠挂肚纺在布里

一走神

纺锤扎疼了心

郎君你可在长江头？

郎君你可在无定河畔

蔓延的车前草遮住门前路
茅蓬上的草在晚夏的风里，肆意挥舞
黄牛已老
故乡的阡陌埋不住嶙峋的肋骨

郎君不归
举目是萧条
再相逢
妾已红颜老

九月，雨，遇见蜗牛
——我随儿子与蜗牛对话

蜗　牛

天空
雨很大
我躲在屋檐底下
看见，蜗牛
躲进自己的壳里面
任凭暴雨冲刷

我摘下一片梧桐树叶
给它撑起小小的雨伞
问："你为什么不快爬？"
"爬到屋檐底下。"

蜗牛探出脑袋
触须四处探索
回答："我背着我的家。"
"我怎么能快爬？"

蜗牛，蜗牛
你为什么不丢掉你的家？

哦
因为那是你的家!

蜗　牛
——与儿子同题作

蜗牛
背负着巨大的行囊攀爬
一路沉重
呼吸浸湿
斑驳的花架

儿子心疼地摘下蜗牛
放在掌心
问:"要不要我帮你把行囊卸下?"

蜗牛迟疑了一下
伸出触须
缓缓摇动:
　"还是不要吧
行囊是我的家
里面有光
有爱
有责任
我不要丢下!"

蜗牛慢慢摇头

汗水从两颊流下

浸湿了儿子的指甲

儿子将蜗牛放回花架

点点头

对我说:"这是蜗牛与鼻涕虫的不同回答。"

记父亲入伍五十周年战友会

高铁　呼啸
载着我七十二岁的老父亲驶向安徽芜湖
父亲
不顾我们的劝阻
独自一人　满怀激动
踏进时光的隧道

望见
一九六九年
八二炮连
热血青春的小伙站成数列
绿军服　解放鞋　笔直成线

也望见
年轻的父亲激动地接过党章党证
那时入伍才三个月
战友们咧嘴大叫"班长"　父亲羞红了脸
那时入伍只半年

更望见
殷红刺眼
一份份血书堆在连队的办公桌上
父亲的大名赫然在列

为破南蛮　血染疆场又何妨？

马蹄嘚嘚　敲响黎明

父亲百十里采购　军帽染秋霜

时光荏苒　二〇一九年

军营依旧在　战友依旧在

只是挺拔的身姿已经佝偻

乌黑的头发已经花白

健壮的臂膀已经衰弱

战友再见面

热泪盈眶

举手敬礼，再叫一声："老班长。"

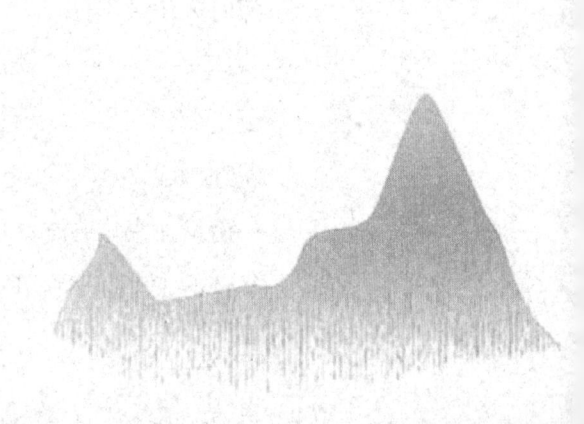

鹧鸪天·观西溪影视拍摄有感

烁烁兜鍪锦袖招，
森森剑戟纛旗摇。
明知身处西溪地，
却道穿临古前朝。
鸣战鼓，
舞弓刀，
马嘶龙吟战士骁。
且歌一曲《将军令》，
更赞永康影业高！

值勤日雨后西中[①]

珍珠万滴缀琼枝,
荆紫茶红入画诗。
遥看草黄牵柳陌,
倾闻花语伴疏篱。
春风乱剪绿丝叶,
细雨嬉怡小砚池。
待到春暖回校日,
西中何处不诗词。

①西中,指永康市西溪初中。

西溪子·庚子年春归西溪有记

昨夜东风吹罢,
覆雪山河消解。
索萧城,
人潮返,
云霞间。
妍紫姹红花现。
举国扫瘟尘,
又逢春。

父亲的早晨

"阿哥……"
年幼的父亲努力打开眼睑
没有回应
几声嘈杂鸡鸣和犬吠
掩盖不了沉重的呼吸声和脚步声
斑驳的泥墙上　铁犁已不见
只有空气中盘旋着烟草味

"阿爸……"
年幼的我揉着惺忪睡眼
"再睡一会儿。"
粗糙的手掌掠过我的脸颊
常年抡铁锤
老茧坚硬　却异常温暖
"下班给你带彩糖。"

"爸爸……"
年幼的儿子在用力推搡
音调里听出了埋怨
"上学要迟到啦。"
睡梦中的人转过身子，满心不情愿
再睡一会儿　再睡一会儿　只要一会儿

咏永康城

三江汇聚入此城，
两岸华章始发生。
绿树香花好风景，
和风细雨长精神。
霓虹道道疑是假，
笑语声声方悟真。
欢欣抬首且吟啸，
不悔长作永康人。

我有一册书在读

我有一册书在读
不知道读了多少
算算应该已是大半册

前面几页已全然忘记
偶尔几个碎片闪现
中间情节以为精彩
翻翻其他大部分书籍
知道远远不如

干脆躲进被窝
自己一人　继续翻读
读少年轻裘　风发意气
读青年罗曼　悱恻缠绵
读结婚生子　濡沫油盐
读工作授业　细烛微光
几十页纸　倏忽读完

抬首而望　日中已过
桑榆霞粲
书册在手　日益稀薄
无奈感叹　太匆匆

香樟公园奔跑

雨意压住夜的黑
风的纠缠
陷入繁杂与缠绵
柳尖聚积的水珠
被光线照得剔透
悬在凌空　当作灯塔

影子无处遁逃
追随在少年身后　安静而服帖
浃背的汗水　滔滔不绝地讲述
不只是坚持
还有来年中考的企盼

请柬上分明写着杜苏芮的名字
可菡萏招摇着脑袋
并不欢迎
杨柳也挥舞着手臂　在池畔
那是谢绝的意思
只有　香樟公园的跑道敞开胸怀
迎接少年
还有风雨的到来
鲜妍　明媚

春夏秋冬（组诗）

春

新芽乍露风吹颤，
雏燕才舒雨落眠。
已值三月春来日，
丽州处处笼寒烟。

夏

村舍瓜田花树下，
摘豆择菜野人家。
抬望青鸟绕山麓，
垂首碧溪戏蟹虾。

秋

晴日天高远，
垄间柿已黄。
儿童心胆壮，
攀陟采撷忙。

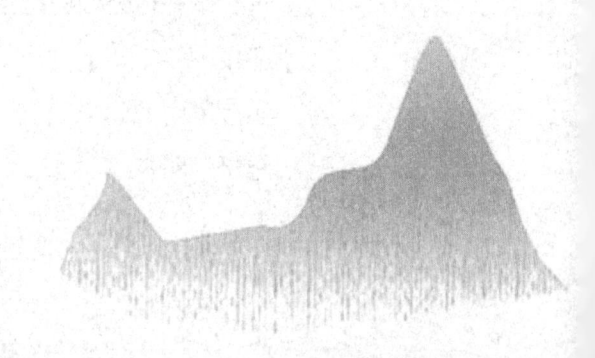

冬

随风漫卷杨柳花，
千树万枝披轻纱。
更笑谁家子无赖，
不顾霜雪塑娇娃。

春天写给女儿的小诗

（一）

春天

我奔驰于原野

采阳光下最明媚的花

小小的花苞

如此绚烂

我几乎脱口而出

你是

爸爸

人生最大的欢喜

（二）

不知道三月是有颜色的

步履太匆匆

知道三月是有颜色的

学会停驻

三月，且踏春

看花看人间

更看你

如梦令·龙山中学

昨日网络聚会,
满屏熙攘鼎沸。
急问旧时窗,
廿载还识得未?
和泪,
和泪,
故友同学最美。

抚照欣赏看够,
同学风采依旧。
环首四顾看,
老校老楼老叟。
独守,
独守,
可怜囊空人瘦。

种 田

园中有闲田,荒芜不知惜。
偶尔心潮至,来从桑薯植。
一日三顾看,看根看叶枝。
叶枯心焦虑,叶活心欢喜。
企盼来年丰,秋后得美食。

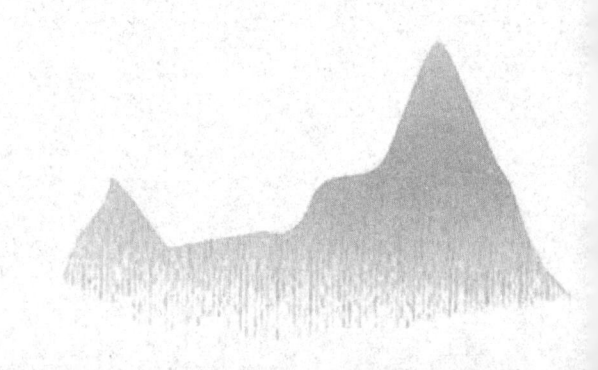

儿子写给妈妈的三行诗

（一）
月光柔柔的抚慰和日光灿烂的炫耀
都比不上
妈妈的目光

（二）
我的梦想很简单
等我实现梦想
妈妈，你没老！

（三）
妈妈说最大的骄傲
就是我，哪怕
一辈子平凡